坂口　和大　（さかぐち　かずひろ）

１９６７年：７月２１日生まれ
１９９１年：日本電信電話株式会社入社
１９９２年：朝夕のランニングを始める
１９９２年：オセロ多面打ちを本格的に開始する
１９９４年：フルマラソンで２時間４０分を切る
１９９５年：麻雀最強戦６位
１９９５年：別府大分マラソン出場
１９９６年：別府大分マラソン出場
１９９７年：ＩＮＡ－ＬＳＩ開発営業で社長表彰
１９９９年：佐倉マラソン１８歳～３４歳の部９位
２００１年：別府大分マラソン出場
２００２年：オセロでの社会貢献表彰
２００３年：長女「美和」誕生
２００５年：美学のオセロ（碧天舎）出版
２００５年：長男「大和」誕生
２００７年：オセロ幸せ日記（太陽出版）出版
２００８年：次女「和香」誕生
２００８年～池袋・渋谷のカルチャースクールでオセロ教室開始するなど
２０１０年現在も「オセロを文化」にする活動を多方面で行っている。

※
第１６期オセロ名人位、
第２１期オセロ名人位、
第２０回オセロ全日本選手権優勝、
第２８回オセロ全日本選手権優勝、
第２９回オセロ全日本選手権優勝、

入社後にはじめたフルマラソンでは２時間３０分台の記録があり、２時間５９分５９秒以内のサブスリー完走は３０数回。またサロマ湖１００ｋｍマラソン完走などもある。

宇宙は・・・

今の自分が生きている宇宙（現在の世界）が、
人間が知っているミジンコくらいの大きさの中に在ったとして、
その宇宙を支配しても「外の世界に何も影響を与えられない」。
そんな、小さな小さな小さな小さな小さな小さな小さな小さな宇宙の銀河の太陽系の地球の日本の東京で生きる小さな自分。
「時も」「世界（場所）も」ミジンコのような大きさである事を知って、その中で一生懸命生きる人間の坂口和大

短い時間：：：宇宙を感じ
静寂の深夜、窓を開けて空を見上げた。
・・・・・・・
試験管（＝宇宙）の中に在るようなもの、
その試験管は無数・無限に存在し、
その試験管の外のセカイには、、、、、、、、、。
今の地球含め宇宙というものは【（宇宙の）外の世界】の試験管のようなもので作られた無数にある宇宙の一つである。
「小さな小さな宇宙、その中の小さな地球の存在」

現在の自分が生きている宇宙は、"宇宙の外部の誰か"に「つくられた宇宙」で"宇宙を作成した誰か"は「宇宙の内部で生きる意志を持った生命が"強く願った・強く祈った"事が現実になるようにした」。すなわち、本心で祈った事は実現する（そこに宇宙の外部の"宇宙外部の宇宙作成生命"と連絡・コンタクトを取るヒントが在る可能性がある）。
そして、"宇宙をつくった宇宙の外部の誰か"自身も「記憶や言葉やすべてを忘れた状態で"つくられた宇宙の中に入って"、死んだ時に宇宙外部の元の場に戻るようにした」。そんな気がした。

その頃の坂口和大は「自分の存在している宇宙は試験管の中の世界で存在していて、しかも多くの無数にある試験管の中で"無数に在る試験管の中の宇宙"で今の自分のように思う生命もあった」。気がしていた。
・・・地球が中心・・・
・・・太陽が中心・・・
・・・銀河が中心・・・
・・・宇宙が中心・・・

ではなく、すべてについて"無数"に"似たモノ"が存在している。

そんな宇宙の中の銀河の太陽系の地球の日本にいる。

ただ、
「この宇宙が、誰かにつくられた試験管の中の宇宙で在ったとしても」「現在生きている人間には、意味を持たない」事。
現在を生きる生き方には無関係である事を理解した。

宇宙の中で存在する"意志のある生命"は
《川のようなもの》で「流れている川のようなものが無数にあり、多くの「球のようなもの」が、無数に存在していて「流れている川のようなもの」に投げ出されている。その一つの球が自分だった。無数に見える「流れている川のようなもの」に自分も投げ出された。川を流れている間に周囲の多くの球を見ていると「球は少しずつ解けて小さくなっていく」ようだ。そして、解けて無くなってしまう。
・・・川は無限に長く思える、前も後ろも無限に思える。
そう思っていると、自分も解けてしまった。
川のようなものは"時"。
球は"生命の心"
そして、"生命の心"は［川の中に在る時には投げ出される前の記憶は無い］。
が、死んだ時に"宇宙の外の生命体に［意志・心］として戻るのである"。

大学の４年間と卒論時期に知った事

「できる努力をして、がんばれば何でもできる」というのは間違いだ。
適正が在る（向いている）事についてのみ「できる」のである。
"ある程度までなら、無限の努力の継続で進めるのである"

"ピアノが好きで、ピアノを弾くと楽しいと感じていた人間（少年）"
"思い通りの絵が、上手く描けると楽しいと思っていた人間"
"綺麗な字を書いてみたいと思っていた人間"
・・・それは、遠い日の自分（坂口和大）。。。

"小学生の時、いつのまにか２桁と２桁の掛け算ができた"
"中学生の時、はじめて見たルービックキューブで６面揃える事ができた"
"入社直後、１５００ｍ走にでたら最初から４分２０秒台だった"
"睡眠時間を減らして生活する体力があった"
・・・それも自分（坂口和大）。。。

努力もした。しかしつらかったより楽しかった。
【向いていた、適正が在った】から努力の記憶はなく楽しかった。
楽しかったから継続できたのだろう。

【適正が在る＆楽しい】
"向いている∧楽しい"事を続けていけば上達するし、万一上達しなくても楽しさはあるので継続が可能である。

※
【２２歳以降、人の本質は変わらない】
「時間」「名誉」「お金」「異性」・・・自分を知るには【１０年以上ぶりの人に会いに行くのがいい、地層のように過去の自分が見えてくる】
１０年、２０年と時間が過ぎて「解かる」「確信する」「知る」事がある。

人は生きている間に「一番価値があったもの」が8番目になっていたりする

『東京に住んでいるから"挑戦できる"こと』
【挑戦できる】→【行動が"少しの行動で"可能である】。
もし、富山にいたらできなかった事が在る。

坂口和大は、東京で出来る事をやりに行く。
【人生の流れ】を感じ【環境は求め、その環境で最大限の行動をする】。
現在の坂口和大は、新規分野では2つ平行して進めています。

坂口和大は、やりたい事［新規分野］だらけです。
【人生の流れ】で坂口和大は［優先順位の一番から］挑戦します。

最近も感じている。
年齢が上がり、年老いて悪い事＆良い事がある。

人生で、10年数前（20代や30歳くらい）で「人生最後の愛と確信した」、
そんな愛があった。
そして現在、その時代の愛は終わっていて、
その当時にはイメージしていなかった愛を知り幸せに生活している。

人は、人生を生きている間に「過去の自分にとって一番価値があったもの」が
「8番目くらいになったりしている」。
「お金」「名誉」「成功」「優勝」「憧れの女性」「外見」「宝物」「思い出の日」、、

人生最初の思い出場所

3歳の頃の銀座の歩行者天国で迷子になって
「ママ、ママ〜」と泣いていて、女の人に交番につれいってもらったが、その時の坂口和大は、「ママ、ママ〜」と泣き続け、交番でつれていってくれた女の人にダッコされながら「泣きわめいていた」記憶。。。
その当時、旗の台幼稚園で蟻&アブラムシを同じ木で観察して感動した事。
家で、母親と電池を入れてのおもちゃの電話機で遊んだ事。
母の妹が旗の台の社宅でチョコボールをくれた事、隣に住んでいたタクチャン、ナオチャンと遊んだ事。
そして、東京都品川区旗の台から、富山県高岡市に引っ越す日に「同じマンションに住んでいた女性が駅のホームまで見送りに来てくれて」
△
□
↑こんなカタチのお菓子パックを坂口和大と妹に一個ずつくれた事。
（その後、この箱は高岡で坂口和大に数年使われる）

・・・3歳、4歳の記憶は鮮明で、その時の風と空気の感じが肌に残っていて、30数年後に何度か品川区旗の台に行って旗の台幼稚園のあった場所・日本ゼオン旗の台社宅のあった場所で30数年前を感じた。。。

※
山口県徳山市で生まれ、
東京都品川区旗の台、
富山県高岡市開発町、
富山県高岡市本丸町、
富山県高岡市荻布、
千葉県習志野市、
千葉県船橋市、
東京都大田区、
東京都目黒区、
東京都新宿区、

40数年の時、何度も住む場所が変わった。
坂口和大は【同じ家に10年間住んだ事がない】。

蟻、ミジンコ、魚、鳥、人間

死んだら、その後に天国や地獄の世界はない。
死んだら終わりだ。
死んだら無に戻るだけ。

死んだ後の世界は存在しない、でも何故そういう概念が出て来たかは解る。

宇宙の全体構造を理解したのは・・・

もしかしたら、
むかしの人間かもしれない。

もしかしたら、
海の中の魚かもしれない。

もしかしたら、
土の中のアリかもしれない。

もしかしたら、
現在生きている人間の一人かもしれない。

・・・環境が味方「周囲に理解できる人間・生命が存在していないと」理解した事は気が付かれないままである。

すべての人間が"うんち"する

「生きている生物」はみんな"うんち"する。

くまさん、ちょうちょさん、ネコさん、
初恋の彼女、好きな美人、偉大な成功者、すべての人間、
みんな"うんち"する。

あたりまえの事、
あまり考えないが、あたりまえの事。
・・・幼い頃に学んだ。
・・・今、自分のこどもに教えた。

※
趣味・会社で２０年ほど生き、何度か恋愛した。その後に結婚した。
「外見の幻想」「性格の幻想」「雰囲気の幻想」「品格の幻想」「神がかりの幻想」
は無くなっていた。

あこがれの人にも欠点がある。
長く一緒にいられれば『人間である事』を深く知る。

※
２０年が過ぎていた。
彼女に２０年前の人生で一番美しい時間の容姿の変わらなさを求めても無理だ。
２０年間で自分の容姿の変化を考えれば、当然の結果が目の前にあった。
彼女の外見を美化しすぎていた、２０年経過した彼女は、やはりおばさんになって
いた。

好き・想いの強弱

１８歳のやりたい事は親の大反対・環境の無さ・才能の無さであきらめられる事はない。
「やめてしまうのは、想いが弱いだけ」
「毎日１時間の努力しかしないのも、想いが弱いだけ」
「３年も続かないのも、想いが弱いだけ」
【本当に好きなら、努力の意識なしに毎日３時間はしてしまう】
【本当に好きなら、１０年続いてしまう】
【本当に好きなら、誰の反対があっても続けてしまう】
好きの強さが本当ならば、路上ライブ・トビコミ営業・環境を変える事など気がついたらやっている。

行動を見れば「好きの大きさ」「想いの強さ」は１００％解るのである。

まず、一つ

まず、一つ。

【問題となっている事は何か？】
一つ一つ解決していく事から始めよう。
一つ一つの小さな集まりが、大きな問題になっているから。

体力、知力、仲間、構想、自由、環境、協力、行動、異性、健康、素直、愛情、充実、幸福、勇気、成長、自信、経験、自分、信頼、美学、緊張、資産、筋力、希望、時間、向上、友人、実感、笑顔、人生。

一度に多くを解決するのは難しい。
だから、一つ、そして一つ、一つを重ねていく。
時間軸で一つずつ解決していく。

気がついたら遠くにいた。戻れないくらい遠くに

坂口和大の家にテレビやインターネットが"物理的に無い事"が「時間を生んで」「多くの人と違う事ができる時間を生んだ」
そして、自分で考える時間が増えて[自分の中から価値観が生まれてくる感じ]である。(社会の中で生きていて、更にテレビやインターネットから価値観情報を日常で浴びていたら"個性"は死んでしまう)
そして、自分で考える事は「坂口和大しか考えない事」になっていた。

オセロの中盤で

流れるように"終局までの盤面が頭の中で"流れている。
・・・オセロ日記に書いた１９９５年。

個人事業者と大企業の人

個人事業者は、大企業で働いている時間をアルバイトと言い。
大企業で働いている役人精神の人は、オセロをアルバイトと言う。

ボクサー、歌手、演劇に係わる人は、
土日、平日の夜に観客やファンの前で勝負する。
・・・平日昼間はアルバイト（社員）をしている。
その感覚の差が「個人事業者と大企業人の差」と経験する事が多い。

いつか、会いたい人 ◇◇◇◇◇◇◇◇◇◇◇◇◇◇◇◇◇◇◇◇◇◇◇◇◇◇◇◇◇◇◇◇◇◇◇◇◇

　２０数年、１０数年、数年の時間が過ぎた。

現在、どこで何をして生きているのだろう。
あの時から、どんな時間を過ごしたのだろう。

【幼稚園児の時に近所に住んでいた女の子】
【小学生の時に好きだった女の子】
【高校生の時に同じ高校だった女性】
【会社の同期の女性】
【会社の後輩の女性】
【付き合った女性】。

異性として気になった人。

そして、
　【小学生の時の友達】
　【１０歳～１８歳時に富山県高岡、オセロで出会った先輩、同世代】
　【大学の時の奥山君】
　【仕事で一緒した天才】
　【オセロイベントで関係した人】

人生

生天死地（天才に生まれて、死ぬまで地道に生きる）
新古同価（新しい事も古い事も大事）
人必子育（人間は子供を持って人間を知る）
時亡全始（時をなくす時、すべてが始まる）

大事な事は期待値を無視しろ

仲良しな男女も結婚した後、いつかはケンカする。
結婚や仕事で「完全な成功」はなく、失敗かもしれない。

人生で意味のあることなんて限られている事を理解して
【夢や結婚を選ぶ行動こそ、人生の醍醐味、人生充実】。

雇われサラリーマンの世界なら成功の確率を考え、損益分岐を考えて仕事をする事が多いが、自分中心の恋愛や人生は期待値を無視して流れにのる。

ＩＱが高いから、走るのが速いからという理由でＤＮＡが残るとは限らない。
原因と結果の観点から→時代環境に合っているかのみが進化・継続ＤＮＡの判断基準・・・お金、外見、運動能力、知能、成功、おもいやり、誠実さ、一般的、住んでいる場所、、、、時代環境で判断基準は変化する。

判断基準→「成功の期待値を無視する瞬間も必要」

我慢の時間が満足感を生む

「カップラーメン」を食べたい時に食べないで「我慢する」から、
昼会社でカップラーメンを食べて美味しい。

「何でも何事でも、我慢した時間が多く多く在ってから達成したら大きな満足感が出てくる」のである。

《幼い頃になりたかった大人》。

友人が増えつづけ、社会や周囲から必要とされ、人が会いたい思ってくれる。

平日は会社と家。
友人も同じ会社関係(<u>自分で選んでいない友人</u>、同僚や先輩、利害存在者)。
土日は、誰からも連絡が来ない。
そんな生き方はしたくない。

危機感が存在している。
いつも危機感が在る。

何もしないと会社のみ人間のように「社会で無価値」になりそう。
大企業は、破綻しても公的資金で救済され、社員は変わらない生活が保証されている。
だから、大企業の人の言葉は心に残らないのは危機感がないから。

※
世界に自分を必要としてくれる人がいる。自分の存在理由の一つ。

環境を求めて、都会に住む

深夜、
窓から空を見上げたら、静かに雪が降り続けていた。
大雪が降った冬だった。
街も、田んぼも、自分、すべてが、雪に埋まっていくような気がした。

富山県高岡にいては始められない。
そんな気がした。

何かを達成して、自分を語れる自分になりたかった。

たくさんの事が普通以下でいいから
何か一つで、自分を語れる自分になりたかった。
（マラソンもオセロも仕事もしていない）１９歳の坂口和大は思っていた。

※
富山県で就職していたら、どんな坂口和大になっていただろう？
そんな事を考えていた。

人生は水のようなもの

大好きでないのに結婚する理由が解らなかった２５歳、
自分が３０歳過ぎて解る。子供が欲しかったからだ。
今なら解る。今だから解る。今ならあの時の彼女の気持が解る。

当時、大好きでない人と結婚して子供を産むなんて考えは理解不可能だった。
【人生感覚を、自分自身の痛みとして感じた事が無かったから】

●現状のお金や評価が良いから、、、という理由で人生の大事な時間を何年も過ごして無駄にするのは自分にとって無意味である。

●「人生の残り時間を実感した時、お金と言う重力から開放される」。

●５２週×土日（２日）＋年休（２０日）＋夏休み（５日）＋祝日（１５日）。
そんなに休んでいてはレベルの高い仕事はできない。
飯野さんも井川さんも年間で年休を１９日捨てていて、土日もほぼ会社に出ていたのも、今は理解できる。「お金が稼げる人・新たなビジネスをつくる人」というのはそういう生活。だから飯野さんも井川さんも独立して成り立っているのである。プロは時に引き抜きにあい、副業の仕事依頼があるもの。

●お金は力。病気や事故や家庭の事情で今の会社をやめても、経済的に自立して生活できる力（お金を稼げる力）を「能力として持っている人のみ」が２１世紀で自由を見出せる可能性が在る。

●
「結婚する事」と「結婚生活を続ける事」。
「就職する事」と「仕事で自分の価値を高めて引き抜きや副業を可能にする事」。
価値在る存在に成るには、挫折した時が分岐点。
挫折した時、自分を変える我慢・能力が無いなら［無能・無価値］で生き続ける。

●
ミルキセーキ、新湊のステーキ、隣家の寿司屋さん、出前のラーメン、フォンドボーのカレー、ひらきでソフトクリームを買って、お祭りで神社へ行って、しづこ叔母（旗の台の社宅でチョコボールをくれた、タクチャン、ナオチャン）【やなぎ、いとう、いたくら、にった、旗の台社宅のなおちゃん、オセロ筏井】

一回しかない人生

今すぐ。

美学のオセロ、オセロ幸せ日記。

オセロで優勝するなどして、
その成功で⇒【その成功を活かして何がしたいのか？】
例えば、
⇒次世代を生きる子供に生き方を伝えたい。
⇒努力をする事の大切さを伝えたい。
⇒一回しかない人生について伝えたい。
実際に行動して［カタチ］にする。

必要とされたい・愛されたい

【大切にしたものから、愛される】

お金を大切にした人
オセロを大切にした人
友人を大切にした人
・・・大切にしたものから必要とされる。

大切な人、大切な風景に会うと元気になる。

思考

調べれば簡単にわかることを覚えると「思考能力」が低下する。
【オセロで過度の序盤暗記は、思考能力の低下を起こす】。

世の中は逆の場合が多い・・・

会社で（学校で）飲み会や集まりに無理して参加するなどしていると、結局は孤独感が出てくる。むしろ、自分の心に素直に生きれば孤独にならない。社会人１７年の実感である。

【自分で選んでいる】。
友達・恋人・親愛な人は「自分で選んでいる」から続いていく」。
完全に自由、そして【選んだ責任は自分にある】。

何のために生きるのか？

何度も自分の中から疑問が出た。坂口は答えを出して来た。
時に、
「幸せになるため」その「幸せ」が時の経過と共に変わっていくだけで、
「人は、幸せになるために生きている」。
時に、
「愛のため、子供と家族をつくるため」。
時に、
「子供が大きくなった時の人間社会のため」。

●
「生まれた時には、自分が自分である。」

●
少々ストレスのある環境の方が「自己実感」にはいい。試行錯誤、改善、工夫、提案、自分の全力行動はストレスのない生活からは生まれない。

●迷ったら「人生努力の結果の自分」を社会に問うてみよう。

●現在の仕事＆家庭の小さな問題を解決しようとすると大きな問題が出てくる。

●どんな環境や人にも文句を言う人→いつも依存し不満の中にいる。

日常のように

「やってやる、やってやる」と思えば思うほどリキンで失敗に向かってしまう。
日常の気楽さで【いつもの気持で勝負に向かう事が大切】である。

実感が弱くなる理由

本当にやりたいこと、本当に好きな人でないと「充実した実感」は持てない。
充実した時間には「好き」の気持ちが必要である。

自分で決めて、自分で行動しているから幸せ

自分が本当に好きでやりたい事をして生きていれば、他人から何を言われても、どう思われても気にならない。
趣味・会社・日常生活で言えば、本当に自分がやりたい事をやっていない場合は評価や他人が気になるのである。

自分の人生にとって、今やるべき

現状の不満と望みを素直に出せば、
人生で「今すべきテーマ」が明確になる。
【今すべき事】は【人生の優先順位】が決めてくれる。

いつか、自分の子供の子供に会いたいと思った

それは、生きる理由の一つになっているのかもしれない。
それは、本能。
生まれて　→　性欲　→　子供欲しい欲　→　子供の子供に会いたい。

●
恋愛→相手から人生の意味・存在した自分の実感・幸せを確認できる関係・自分を完成されくれる異性である。

●２００７年時点で人間の宇宙（人間が行った＆人工衛星など生活に使っている宇宙）は「宇宙の大きさから見ればミクロン」である。太陽・銀河・遠くの銀河・何００００００００光年先の銀河の宇宙は遠い。

個性
◇◇

個性とは、能力の上に乗っている。
能力が無いと個性は存在できない。
家の２階が１階の上に存在するのと同じである。

個性的とは独創的と同じように感じる。
変わり者・少し変わった人間と、個性的は性質が異である。
個性は、作品やオセロの棋風に現れる。
努力の継続で気がつく［自分の特性］を完全に活かす事で表面化する。
普通でない大きさのコンプレックス・欠点が個性に成長する。

個性が在る人間は"複数種類の場所で"お金を得ている。

9月

今月後半のテーマは【基礎・基本・基盤の充実】。
【簡単ではない事でも、単純に基本原則と経験常識から考える。本質は単純から始まっている】。
「基本」
『基本』
【基本】

与えられた環境で頑張るだけではダメ、
やりたいことをやれる環境を {つくる} ために頑張る事が最重要である。
自分の本当にやりたい場所・過ごしやすい場所は、自分自身の力でつくるしかない。(家庭・仕事・人間関係)

テレビを捨て、インターネットを無くし、新聞・本・雑誌を読まない生活。［情報が入り過ぎない環境を整えたから"考える"事ができた］＋ランニングで、皇居８周（４０ｋｍ）の予定は６周や７周でやめがちである。４０ｋｍランニングするなら直線で２０ｋｍ行って直線で２０ｋｍ帰ってくるコースを探してランニングする。それが自分で環境をつくる事。

コテンパンにやられないと本気になれない。
そして、
本気になれないと［本質に近づいていかない］。

3歳までの子育て
◇◇◇

散歩に行って、ただ付いて行って、自由に行動させ、何かを感じさせる事のみ。
（安全には気を使うが、危険の経験は必要、ケガも必要）

慣れる、経験する
◇◇◇

フルマラソンを完走する経験が、生き方・行動精神を前に出す。
まず、ゆっくり走れる生活環境を自分で工夫して走る時間を確保する事。
そして、すぐにレースに申込んで、レースはリラックスして走る。
その後は、無理なく続ける。
「続けてやっていれば経験と慣れ」がレベルを上げてくれる。
「経験して慣れる」。質の高さは問題でい。
「水泳で水に慣れる経験」「マラソンで何時間かけても走りきる経験」「絵を描く経験」「歌をいつも歌う経験」など慣れればレベルは上がっていく。無意識にレベルは上がっていく。

●
「欠点があるから人間を理解する能力を高めていけた」。
「孤独があるから幸せになる能力を高めていけた」。
「失敗があるから成功する能力を高めていけた」。

●
人生は動いている。年を取り老化もする。努力で可能になる事も多い。
生きている瞬間すべてに「向上」か「下降」している。

微分積分・古文漢文

大学入学のための受験勉強が、役に立たないものだとみんなが感じている。
微分積分・古文漢文など受験勉強が社会に出て有効に活きない。
そんなことは１５歳になれば理解している。
しかし、
役に立たない・くだらないものに言い訳・逃げないで努力し挑戦した人間のみが「くだらない事にも努力できる」人間である。

役立たない・無駄な事から逃げないで努力した経験・無駄に思えた受験勉強が就職した後に役立った経験から「ムダと思える事でもやってみる価値が在る事」「計算なしでも努力する事ができる人間」になれるのである。

※
大学卒業後に経験する。
大学４年間で「無駄にした時間」「自分で考えて実験した事」「アンケート作成してマーケティング分析の経験」が人生に有効に活きる。

糧

何かと"上手くいかず"精神的にマイナスが在り、心は揺れて、いつも心に悪があった。だから努力し続ける事が可能なのである。

●
年をとり、スピードの低下、シミ・シワ・白髪が出始めて人生を実感する
【人生とは、"こういうものである"という実感が持てる】。

●
【エネルギーとして「孤独」がある】。

●
【大好きな異性と１０年２０年と過しても、理解できないところが多々あるだろう】「さらに飽きる、慣れるが起こる」

●
【本当に好き、自己前進のためにしか働けない】。

●
【子供ができたら女性はツノがはえてオニになる】

２５歳

２５歳の時、DODAの取材に答えて「人生とは時間との戦い」「短い人生の中で何かでトップを目指せる時間はさらにさらに短い。だから今…」と述べた。その気持ちは今も変わらない。「時間は有限」、そして「やりたいことは今」。

【人生の持ち時間は、少ない】。
【今、すぐ！！！】。。。

※
【感動する】。
【心に深く残る】。
人生に影響する出来事は［人］に会うことから始まる。
［人］に会うことからのみ人生は熱を持って充実する。
【楽しい事は［人］に会うことから始まる】

探し物は、自分の中に在る

探しているものは自分の熱・やる気だ。

友人に会う理由も自分の熱・やる気を表面化させるためという部分がある。

　【探し物は、外で見つかる事はないが、自分の熱を上昇させてくれる事が在る】

どうすればオセロが上手くなるのか？

どうすればオセロが上手くなるのか？
それは、
字を書くのが苦手な人が、どうすれば字をきれいに書けるようになるのか？
音楽センスの無い人が、どうすれば絶対音感を持つ事が可能になるのか？
どうすればフルマラソンを４分／ｋｍ以内での２時間４８分以内で完走できるのか？　と似ている。

きれいな字を真似して書けば上達するのか？
直線をきれいに引く練習をすれば上達するのか？

５年〜１０年時間を使えば、そこそこのレベルまでは経験と慣れで到達できる。しかし、生まれた時点で、人それぞれに遺伝的適性や到達点（限界点）には差がある。そして、人は向いている分野に進む方が"人生"が深くなる。

自分で決めていく

自分で考え、本能に素直、自分の一番やりたい生き方で生きる。
自分にとって重要、基準、価値、方針、残りの人生時間。
（他人や社会の価値や重要と異なる事もある）

自分の生きたいように時間を使うから「時間自体に満足」できる。
４０過ぎても、生き方の行動基準は変わらない事を経験している今日この頃。

一手前

前日に気がつけて直せれば３０分で済む事が、当日になると５時間作業になる。
「オセロで、その一手（悪手）を打つ前であれば、勝てただろう」と同じ。
【人生も、オセロも、不注意な一手が不幸を招く】。
『人生で、分岐点一手前の、大解点を見つけ見える能力が"人生能力"である』。
「分岐点の"一手前"に幸・不幸のＰＯＩＮＴがある」。

２１世紀の社会・世界で生きる時

２１世紀の社会・世界で生きる時に、「最も」必要となる能力は「度胸」「ノウテンキ」「ラクテンカ」「プラス思考」「高知能指数」「体力」「自己自信」「自己信頼」「行動力」「経験」

《知っているから》
自分が小さく、大したことのないと知っている。
だから「何でもできる」とびこみでオセロイベントの売り込みに行ける。

一芸取得には多くの努力

何かで勝ち、トップになる事、優勝する事は、「友達が多い事、共同作業が出来る事、協調能力がある事」以上に難しい。しかし、人間は「自分」や「自分の大切な子供」が【負けた時のため】に「リスク回避を優先」しがちである。

「何かで勝つには大きな努力が必要である」。

仲間

人生は、好きな人達といて好きな事をしていく事が楽しさのＰＯＩＮＴである。そのためには、
会社以外に、「スポーツでの仲間」や「文化的な趣味の仲間」や「気が合う仲間」や「自分と同じバカな仲間」との時間が「新たな出会いを増やし」その中で好きな人間が増えていくのである。

６０歳、７０歳

４０歳を過ぎて、走るという運動をする人は６０歳、７０歳で走っている健康な人のヒザ、腰の柔らかさを知っている。
４０歳過ぎて、運動しない人は雨の中ぬれる事を嫌がったりするが６０歳、７０歳になる自分をイメージしていない。

最後は、運

【最後は、運だ】。
しかし、
努力をしていない人に対しては「努力」「熱意」「執念」が必要だ。と、言うようにしている。理由は、「運」という事を誤解してしまうから。
どんな分野でも、一番になる人と同じレベルの「努力」「熱意」「執念」がある人が１００人くらいはいる。
その中で「一番運のあった一人」が注目されるが、同じ事を同じ気持でやっていた人が１００人くらい隠れている。。。

経験で解った

【やりたい事をやっての結果や完成物に対して、他人に否定されても苦にならない】。

簡単にするには構造と概念を理解すればいい

オセロ・微分積分・物理について、
「構造」「概念」を理解していれば"簡単"なんだ。
（女性・現在の社会構造を理解している人は、きっと"簡単"と言うだろう）

今日は、電話の代表・ダイヤルインについて難しいと感じた。
明らかに「理解していない箇所が明確にある」。
で、代表・ダイヤルインの構造・概念を理解してしまえば"簡単"になる（はずである）。

大企業の収入以外に収入を持つ

「上司の意見より自分の意志」「親の考えより自分の考え」「社会の価値より自分の価値」、、、、会社なら上司の意見・職場の考えを優先して自分の意見を曲げれば会社以外で収入を得る能力が減っていく。
そう、
会社以外で収入がある。
会社での収入もある。
それは、「自分の意志が存在し強い事が必要」
違う場所から収入を得る事は、違う場所から物事が見えること。
「月から地球を見るから地動説を実感できる」
「地球から月を見るから月が丸いと理解できる」。

がまん

昨夜は、会社後に途中下車でランニングして帰宅。
その後に長女4歳と買い物に行った。
小物（300円）をほしがった。

子供に買ってあげるのは簡単、、、しかも、子供は喜んでくれて自分もうれしい。
しかし、泣かれ、すねられ、きらわれても『がまんする』を教えたい。
『がまんする』を教えるのは「泣かれている時、実際にやるのは難しい」。
昨夜は『がまんする』を教えた。
そして「自分も教えられた」。

ラクとヤスラグ

恋愛で、、、

「ラク」になる事は、→「無関心」と言う感覚が相互に多くあって「他に良い人がいればソチラにいく」→すなわち「結婚してもツライ」のである。

「ヤスラグ」感覚が続くならば→「気遣い・心遣いがある」→「結婚してみる価値在る相手」である。

パターン化には限界がある

オセロの中盤の辺の攻防（辺を取るべきか、否か）についてパターン化は出来ないもの。オセロは考えるゲームで、もし中盤のパターン化が可能であれば１９９０年代にはコンピュータが最善手順を発見していただろう。「中盤での手得を優先すべきか？　辺に手を出すべきか？　辺に手を付けた手に添い手を打つべきか？」　基本は存在するが、その時々で考えるしかない。［考える・思考ゲームという本質］勝つためには、序盤からの暗記と［その序盤］からの展開に有効なパターンを暗記し変化を経験していくやり方も有効で、１００％そうするのもあり得るのかもしれない」。しかし、それは思考ゲームのオセロではなく暗記である。

生まれ持った特性を活かすゲーム

［人生も坂口開発のゲームも最初の決められていたものは変える事ができない。生まれ持った特性を活かして多くを得ていく］その展開は人生に似ている。
そういうゲームである。
〇×
×〇
（表も裏も〇〇、表も裏も××）の４種類、
最初の表の配置は、
〇〇
××
で新ルール

太陽・月・☆・時（時計）のデザイン

・石の中に△の穴
・石の中に□の穴
・石の中に☆の穴
・◎の段差の石
・☆の形の石
「汚れの問題・構造・安全性・耐久試験」
（丸い駒で）外から中心に向って凹んでいる駒

・サイコロの石（①の裏は⑥、②の裏は⑤、③の裏は④）
・盤の場所に１から４（１０・３・１の三種類も検討要す）
【立体オセロ・・・立体将棋（３面）棒の透明な箱の駒】

【オセロ極めの、△構造をサイコロ構造にして「側面を緑・上と下を白・前と後を黒でつくれば、黒の次は必ず白になる】

【刺しての駒（上半分クロと下半分シロ）・・・むかしのポケット将棋のオセロバンの大きいもの】

Ｓａｋａｇｕｃｈｉの法則

大事な事って何だろう・・・
いつだって・・・
いつも・・・
人は・・・
自分以外は他人・・・
そして、
Ｓａｋａｇｕｃｈｉの法則が見つかった。

きっかけ

きっかけを探して動いてみよう。
【長所を活かす事の難しさ】は
きっかけとの出会いが無い事が原因である。
だから、
きっかけを探して動いてみよう。

おしゃれにならない人の自信

「内面・生き方に自信がある人は、外見・服装など飾る必要がない」
本人は自覚していなくても「自信があれば他人はあまり気にならない」

人生の大事で重要な事は一人では出来ない

長男と散歩していて、ふと思う。
大事な事は一人ではできない。

子供だけでない。
大事な事は「子供を持つ」と同じで一人では出来ない。
"共に成長していく"、一人ではできない。
共に成長・成功していく。自分一人だけで成功はない。
【一人でできる事は［小さい］。幸せには他者が必要である】。

《経験で解った》坂口　和大

　【やりたい事をやっての結果や完成物に対して、他人に否定されても苦にならない】。

《遠くで》坂口和大

いつも、いつだって記憶の中に在る。
夜、一人でいると思い出す。
あの頃の日々を。

多く考えないで、行動すべき

【まず行動】、
「最終的な目標」までの手順が"まったく無く"ても「まず、始めてみる」。
「マラソン」「麻雀」「オセロ」「旅」「恋愛」。
その中で機会があるものは成功していく。

逆に、、、ダメな人は「すぐに行動せずタイミングを逃がす」。
悩む事に時間を使いすぎ、熱が冷めてから行動しても「壁を越える超える熱意不足で失敗」する。

変わるには、古い自分を捨てろ

過去の自分のパターンを捨てて「新しい自分」が「入る部屋」を作るため古い自分を捨てる。

３０過ぎのある日

オセロで優勝したり、フルマラソンを２時間４０分で走ったり、資産を増やしたりして「知力・体力・お金」を持つこと以上に真面目に生きて家庭や社会に貢献]して地道に生きる事が優先。また、頭の良さ＆利害＆計算を捨てて"素直なバカな自分"になって幸せになれた。

人間が宇宙のすべてを理解する事と、海の中の魚

海の中の魚が、
「宇宙が膨れ続けている事
「地球が太陽の周りを回っている事
「地球が丸い事
「山や森やビルの存在
を理解する事が無理な事と同じ。
人間が宇宙の内外のすべてを理解する事。

※
地球上で、それを理解できる知能を持つのは［人間が創った最高の高知能機械］がつくる［次の高知能機械］のつくる［次々高知能機械が］つくる高知能‥‥‥高知能機械は進化を続ける。その高知能機械は［動き・知能の判断速度］が［２１世紀の人間の１０００万倍］などの高速なので、人間が１００年程度生きて感じ・考えた事は数秒で経験する事となる。（高知能機械の知能レベルは人間の最高知能の概ね１０００万倍×１０００万倍くらい。人間など過去の地球上生命とは異質な価値観と生命価値を持ち、現在の生命にとって重要・優先な事は、重要・優先な事でない可能性が高い）

相手の目線・顔を見て打つ手を決める

不利な局面では、
読むのは"盤面ではない"
「相手の見ている心の中の盤面」相手の心の盤面には"見えていない局面がある"
だからミスをさせて逆転できる。

人生の地層から"あの時の気持ち"

坂口和大が育った環境によって持った特性、熱を活かす事を意識していく。
そういう気分。

愛から始まる

【あいうえお　かきくけこ　さし】

最もウエ（上）の上にアイ（愛）があり、
日本の言葉は「アイ」から始まる。
オカ（丘）の下にはキク（菊）があり
ケ（化）（化けて）コ（子）になりサ（作）ってシ（死）ス。。。

日本語　→　愛から始まるように創られた。
【２１世紀に使われている日本のコトバ】について
"日本語の単語"の生い立ち、
そして、
「アオ（青）、アカ（赤）などの色」色の感じ方について
「１０本指だったから"１０進数"」数字との構造について
昨夜２３：３０～２４：２０までランニングしていて「ふと」閃いた。

今夜一生懸命、明日を存在させるために

夕方、明日にまわせる仕事を「今夜やらず」に「明日」にまわす。
大企業ならＯＫだが、
個人事業者は「今夜終わらせるから」「明日が存在し、新規企画を考え行動していける」

●
【何をやっても・どんな行動をしても賛成と否定する人が出てくる】

手に入れるまで→良い所を見て。　手に入れたら→悪い所をみる

恋愛
結婚
オセロの優勝
マラソンの記録
就職

持って無いから［プラス］ばかりを見て［幻想］、
手に入れたら「マイナス」が気になるもの。
でも、努力して手に入れる事が無かったら［自分に失望］だった。
だから、プラスの大きさを感じながら生きている。

右手を見てごらん

【人生の現実は、意外な方向で期待を裏切っていく。。。】
「働く事・住む場所・最重要になる事・結婚・自分、、、、」
【流れ】・・・高岡で就職する事が無かった事・むかし付き合った彼女と結婚していない事・本を出した事・フルマラソンで２時間４０分切った事・オセロをやっている事・１５年以上楽しんで仕事が出来ている事・最初の子供が女で次が男な事。

・・・"流れ"。。。

昨日、ひらがなを覚えてカタカナを練習している長女が「右手に"て"と書いてある」「右手に"テ"と書いてある」と、、、、、そう見れば「右手に"手"とも書いてある」。『手相』的に「て」「テ」「手」と言う字は出来たのかもしれない。
長男・長女から日々教えられる事がある

恋愛・結婚

【相手を、自分の理想・幻想としてしまうから［違和感］が出てくる】。

自分が中心で、、、
「美人だから好き」「仕事が出来るから好き」「自分にやさしいから好き」など相手のプラス面を自己中心で見ている時に恋愛は続かない。何度か失敗の経験をして『相手のマイナスをＯＫとして、自己中心から相手中心に近づいて恋愛・結婚は続く』のである。

※
第一印象、直感で決める事ができない人は「常に迷う性格で、決断が出来ない人である」。第一印象、直感で行動を決める事は【完全に解るまで決断しなければ、行動できる事はほとんど無い】。

時間が湧いてくる

自分の家の中にインターネット、テレビを物理的になくす。
時間が湧いてくる。
その実感ができるまでの期間がＰＯＩＮＴ。
禁煙、運動の習慣、早起き、と同じで慣れるまでの精神力がPOINT。

行動してみる

何事もやってみるもの。

人生で
【やらないで後悔よりは、行動した方が楽しい】
【挑戦できる期間は短く、タイミングがある】
【年齢が高くなると出てくる"本能"には素直に生きる】

やりたい事にどんどん行動していく。

生きる

今から１００年後には、現在生きている多くの人は死んでいる。

弥生時代の農民、
江戸時代の庶民、
明治時代の一般人、
イタリア、ズペイン、アフリカ、、、その時代、時代
時代・場所の多くの人々は【何のために生きて、何を求め、何を残したのか？】
そして、
２１世紀を日本で生きている自分は何を"次へ残せる"だろう？

社会を持つ

「会社」：２０歳前後。
「家庭」：３０歳前後。
「趣味」：・・・・・。
「社会」：４０歳前後。

「社会」とは、「社会貢献」「次世代育成」。

命について、生きることについて、自分の死について、人生を感じてきたら会社・家庭・趣味の次へ進もう。自分が死んだ後も生きている人達のために、「社会を持つ大人になり深めていく。今年度のテーマである。

ＩＲカード

坂口和大が出向していた時の話である。

会社の倉庫に埋もれていた箱、
倉庫でたまたま見つけた。
箱の中の商品の名は「ＩＲカード」。
見えない光を見えるようにする為のカード。
売ってみようと思った。
とびこみ営業をして見た。
ごみだったカード（６０００円／円）は、数百枚売れて４００万円になった。

とび込み売り込み力は習うものではない。学習で"力"がつくかどうかは不明で２０歳くらいまでの経験でその後に開花できるかどうかは決まっている気がする。

41

雪だるま

最初の「雪玉」が小さすぎる。
雪が積もっていない。
カラカラ雪、びしょびしょ雪で玉が大きくならない。
こんな感じを持つようなら「自分が生きる環境でない」「適正がない」。

また、
最初だけで「雪玉をころがし続けられない」なら「継続努力の才能不足」だ。

だから、［適正ある場所へ］
「雪が多くあり」雪が大きくなる場所に"自分から行って"自分で玉をころがして大きくしていくから「人生を思うように生きていくことが可能」なのである。

「小さな雪玉」を大きく「大玉にした後」に「特異」なものを持ち得る。
小さな雪玉を「転がし続ける」事で「人生は大きくなっていく」。

・・・入学、結婚、就職、成功、優勝する事が重要ではなく、【その後】に何をするのかが重要である。

※
【何か】がないから「動けない・行動できない」というのは言い訳だ。
「動いて・行動する」から何かを成せるのである。
行動するために【何か】が必要ならば、最初に【何か】を取りに行く努力をすればいい。
動かない言い訳に【何か】を言うのは「行動できない人間」である。

坂口和大で言えば、大学卒業前・就職直前に親にオセロ＆マラソンをやめて仕事に集中するように何度も何度も言われ、手紙で２０数通やめるように言われたが、オセロもマラソンもやめていない。
・・・次へ、継続するのは「それまでの生き方と熱意の大きさ」で自動的に決まっていく。

今、何をすべきか４０

【人生、最後の決め手は"体力"である】

現在のハードな生活をやめて暇な時間をつくったとしても、
その暇な時間で「ハードな生活」をするだろう。

【会社で働き・ランニングで帰宅・睡眠時間を減らし疲労が残る生活。
だから、他の時間でアイデアがわいてくる】
【坂口和大の行動。それは本能である】

夏休みは、未だ

１０歳の頃、
かいせんとうに乗って、
軍人将棋をして、
切手や古銭やメンコを集めた。

大人になってお金がイッパイになったら、
だがしやで１０００円ぜんぶ使って、
本屋でマンガ１０冊まとめて買って、
アイスクリームを１０個買うのが夢だった。

ふと、そんな事を思い出した。

子供から人生を学び、親と人生を理解する

まじめである。
まじめ過ぎない。

いいかげんである。
いいかげん過ぎない。

飽きっぽい面がある。
継続力が先天的に在る。

冷静な面がある。
冷静過ぎない。

存在するすべて。
どんな人間、どんな事にも「プラス面」と「マイナス面」がある。
マイナス面を見て評論のみで「行動ゼロ」の人がいて、
プラス面を見て「考え以前に行動が先」の人がいる。
異性・マラソン・出会い・企画・出版・イベント業・講師・オセロ多面打ち
社会に出たら「習ってから行動では遅すぎる」「じっくり考えてから行動では遅すぎる」。

すべてについて、
その人自身の持っている性格、人間性、生きてきた時間、素直さが結果になっていく。

・・・すべての人間（男女）が、冷静１００％だと人間は絶滅すると思う。

３年間

頑張って、真面目に３年間取り組めば「ほとんど１００％の人ができる事」と
頑張って、真面目に３年間取り組んでも「人格、協力者、遺伝的な才能、実績、スキル、適性、環境、」がないと「できない事」がある。
・・・頑張って、真面目に取り組めば「ほとんど１００％の人」が「できる事」なら、「３年間」一生懸命努力してみよう。

人生は短い。３年間を４年～５年にしない事もポイントである。

真面目や努力は手段でしかない

社会では、一生懸命・努力・真面目さに価値は無い。
生産して【お金を稼ぐ、社会から必要とされる事】が存在の価値。
社会から必要とされるための【手段の一部が真面目や努力】であり、真面目や努力自体に価値は無い。
「真面目や努力は目標への手段である」

※
才能・能力があれば残っていくのではない。
環境（時間＆空間）に合った生が次に生き続いていく。

自分の子供にしか伝わらないもの

家を購入して借金があると、（無意識に）お金が重要になっていく。
同じように、
子供がいないと、（無意識に）自己中心になっていく。

長男といて、ふと思う。
自分のDNAの先・次の生が存在してから、自分が死んだ後の「地球」「人間」について実感可能になった。
（子供がいなかったならば、今でも自分中心で自分のレベル向上を目指し、次の人間世界を感じることなく、流行で地球環境などに流されただろう）

「オリンピックに行った人
「有名になった人
「お金を得る事で成功した人
「女子マラソンで入賞した人
「むかしの自分、、、むかしの坂口和大
でも、
子供がいない時は、未来感・次世代感が不足している気がする。

自分が死んだ後も生きている自分の子供という存在を持った時から、社会的に
"普通"であっても"次の人間世界""地球環境"については「実感がある」
場合が多いだろう。

水の中で始まった生命

【水で構成された生から宇宙適応の生へは進化ではなく創造である】

人間の起源は、水の中で始まった生命。
だから、宇宙に出るのに時間がかかった。
宇宙の中には、金、ダイヤ、シリコン、金属から始まった生が存在する。
宇宙服も宇宙船の概念も無い、
その生は、水で生まれた生命が創造した。
ロケットのような高知能生は億の数で行動し、自己の原始を入れ替えて生をつないでいく。
　（星自体を高知能生命星としての生にして生きている生もある）
宇宙は大きくて人間の1/10000や10000倍の大きさの生が宇宙に存在した。
（宇宙光を素にした生もある）

人間のような"水で構成された生"は宇宙空間、宇宙そと空間に適応していない。

地球上の生命は「水で構成された生」（水を吸収し続けて生きていく）
「人間は水の中で始まった生命」「水で構成された生として、空気の世界に出た」
「水で構成された生」から「宇宙適応の生」へは「進化ではなく創造である」
「水で構成された生」が「宇宙適応の生」を「創造」する。

オセロは文化

【オセロを文化にしていこう】

オセロを文化にしていこう、１９９５年には言っていたが「行動が多くなったのは２０００年以降かもしれない」

http://www.ntt-east.co.jp/tokyo/release/2001/011204.html
http://saka04.ld.infoseek.co.jp/20056ibe24pageno3pageme.htm
http://www.s-tourship.com/blog/program/2008/01/20080108224026.html
http://saka04.ld.infoseek.co.jp/20060820.htm
http://saka04.ld.infoseek.co.jp/200708sakaguti.htm
http://www.city.shinagawa.tokyo.jp/jigyo/06/syomu/smile/smile24nakanobu/nakanobu%2017katudou.html
http://saka04.ld.infoseek.co.jp/sadear.htm

そして、
２００８年１０月から予定としては、カルチャーセンター
「池袋コミュニティ・カレッジ」で（オセロ入門）。
http://www.seibu.co.jp/c_college/info/index.html

※
９月１５日は千葉工業大学のオープンキャンパスでオセロイベント。

２００９年の坂口和大は、
カルチャースクールでは、渋谷東急ＢＥでもオセロ教室。
東京おもちゃ美術館でオセロコーナー開始。
オセロ多面打ちイベントでは、「茨城京成」「静岡パルコ・ロフト」「京王新宿」「横浜そごう」「丸広上尾店」などで行う
年３、４回発行されるオセロニュースでは「オセロ入門」の坂口和大ページがある。
不定期では、同窓会報誌、会社内での取材などもそこそこの頻度である。

なりたいような人になるには

不可能と思う事は、達成した人に聞いてみる。
そうすれば、不可能に思える事にもヒントが見つかる場合がある。

なりたいような人になるには、なりたい人に会って聞いてみる。
そうすれば、人生のヒントが見つかる場合がある。

愛される人には、愛される理由があり常に多くの人に愛されている。

人間は悩むように出来ている

<u>就職して悩み、</u>
<u>恋して悩み、</u>
<u>能力で悩み、</u>
<u>お金で悩み、</u>
<u>人間関係で悩み、</u>
<u>健康で悩み、</u>
<u>老いで悩む。</u>

※
歩いて帰ってきた。
２０年、３０年前にも何度となく歩いた道。
２０年、３０年前で建物や田んぼが変わっていく。
どちらの世界も"いい"。

昭和４５年３月

山口県徳山市から東京都品川区旗の台へ引っ越した。

その後、（4歳で）富山県高岡市の高岡の幼稚園に転園した。
その頃から、8番ラーメンに行った。
今朝は、早起きして東京～富山県高岡市に来た。
さっそく、8番ラーメンに行った。

金魚、ネコ、犬

はじめに、見ている時は「かわいい」。
そして、飼うと「たいへん」。
それは、まるで「イセイ」。

世界(周囲・現在の環境)の中で、自分の存在意義を常に意識して生きている

１６歳で全国紙のデイリースポーツ新聞でオセロ棋譜解説、児童センタでオセロ教室、オセロ多面打ちイベント、オセロ講師、オセロニュースのオセロ入門。それらは小さくでも社会から必要とされての表面化。『社会から必要とされている事が"良い生き方"と感じている』。

3人目

現状に不満がある人間は、不満という"穴"を埋めるために"何かで名誉や有名や金銭を得たい"と（無意識に）強く思う生き物である。

現状満足が大きい人を見ていると"勝ちに執着しない事を"４０年の人生で何人もの友人から学んだ。

こどもがいなかったら"勝ち"や"有名になる"など意味の小さい事に人生を使い続けただろう。
「人生で大きな意味ある事は少ない」
「人生を生きれば生きるほど１０００年先に残せる"自分の先"の意味を感じてくる」

自分が持っていないものは輝いて見える

自分が持っていないものは輝いて見える。
だけど、輝いている価値というものは変動していく。
だから、
自分が持っている中から探そう。価値が在ると思えば世界は輝き、自分には満足がやってくる。
それは、お金、名誉、友情、愛、家族、すべてである。

お金のない人がお金
能力のない人が能力
愛のない人が愛
孤独な人が人気者に価値を置くから悲しくなってしまう。
だから"持っているもの"
人は自分が持っているものを大切にすれば成功した人になれる。

個々の人間の"がんばれる最大値"は大差

それは「１」と「１２７２１」の大きさの差のような違い。

がんばり、努力すれば"何でも実現可能"と信じる為には、
努力を継続して、がんばって"何かを達成した経験"必要である。

少年少女の時から"継続の努力で何かをカタチにして足跡を残す経験が大切"
で、大人になった時のプラス思考・マイナス思考・行動力は少年少女の時の経験値で８０％以上確定している（大人になったからの２０％も重要だが）

「大人になってから世界を楽しく動ける」為には、"がんばれば何でも実現可能と自分を信じられる"事がＰＯＩＮＴである。

不運を活かせて才能は開花する

不運が才能を開花させるきっかけ。
不運が怒りと持続力エネルギーをつくる。

【人生で命と持っているすべてを賭けて勝負すべき時】に気づけるか否かは「過去の不運が多いなら気づける」

オセロ名人が、伝えたい事

何かで優勝した後に、自分で何もしなくても誰かが"次を"くれるなんて依存の甘い考えでは"自分が本当にやりたい事は"表面化できない。
自分を自分自身で売り込んで表面化・カタチにする為に行動する能力の差が
［個々の人間の本当の能力］である。

人生的に有限な事　と　人生的に無限な事

まず、やる気
「一人称でできる事からはじめよう」

「評論・机上の分析」ＯＮＬＹで動かないのは「生きていない、死んでいる」
一人称で動いて、何かをカタチにするということは、０（ゼロ）から終わりまでのすべてを"自分一人で"行う［覚悟］が重要である。「一人でできる稼動」や「一人でできる能力」を考えてカタチにする。

「気持ちが必要」で「熱や危機感や真剣」がないと何も「カタチにできない」
しかし、
「体力が無いと気持ちが湧き出てこない。さらに、困難が続いた時の気持ちの持続が難しい」

「愛」
「価値観」
「幸せ」
「異性」
「恋愛段位」
「仕事」
「時間・３０代」
「オセロ」
「お金」
「ロードマップ」
「生死」
「何かを失い、自己実現する意味」
「過去に出会って来た多くの人、出会いの意味」
「人が生まれ持っている共通本能」
「人が生まれ持っている共通目的」
【変わったこと変わらないこと】
【向いている事・能力がある事、やりたい事・好きな事】
【人生で重要な多くの事、何かで勝つ事・お金持ちになる事】
【人生的に有限な事と人生的に無限な事】
【人生に素直に生き、ダメな自分とそうでない自分】。

本当は"存在しない"無いもの

人間がつくったお金というシステム（構造、仕組み）

霊魂、霊界、死後の世界、天国は、お金と同じで"人間が進化の過程で作ったもの"である。
人間以外の生命の動物、微生物、植物にない概念。
・・・日本人は、日本語を学び日本語に無い概念は【無い】ものになっている。
英語、フランス語、中国語でも同じでその言語の概念の中でしか実感が持てない。（各々の言語を作成した人、お金のシステムを作った人がいる）

霊魂、霊界、死後の世界、天国は、
「こどもの世界に存在する"おばけ、幽霊、サンタクロース"と同じ、本当は無いもの、幻想。

同じ人間である自分の
６歳の時の価値観、
１５歳の時の価値観、
３０歳の時の価値観、
４５歳の時の価値観、
は、別人だ。
６歳のウルトラマン、仮面ライダーの価値の多く、幼稚園と両親と妹が１００％世界だった時の自分
と
現在の自分は【同じ坂口和大でも霊魂的には"１００％別の人間"】である。

いつか（５０年程度先）、少しボケて過去の記憶を失うだろうと、９０代で生きている二人のおばあちゃんから思う。

人生的に無限な事
◇◇◇

いつか
太陽が光を出さなくなる事、
宇宙に光がなくなってしまう事、
・・・永遠に思えるが、有限な事。

４０億年前の地球の事を聞いている時、１０００００年の単位は誤差にされている。
でも４２万年前や２６万年前も１５９７２６年前も存在し生命は在った。
【１万年先の地球の事だって本当は無限に先で実感は幻想だ】。
１００００年前や１００００年先は"人生的に無限"だ。
８９００年先と９９００年先の１０００年の差も実感できない。
そういう自分。

「１００年しか生きない人間の言う→永遠」
３０歳過ぎて感じてきたそういう事などを３９歳の時に「オセロ幸せ日記」として出版した。

一昨日（９月２７日）は８時間長女と、
昨日（９月２８日）は８時間長男と散歩（冒険）で出かけた。

●
１０代での日常、２０代での日常、３０代での日常、４０代での日常、、、
違いすぎる。
自分にとって価値のあるものも変化していく。
いつまでも変わらないと思ったもの変わっていく。
運動もしなくなる日が来るなんて、、、
もし、１００歳まで生きていたらボケて、歩く体力が無い可能性も多くある事が実感でき始めている。

人生的に有限な事

一ヶ月ほど前、母方のおじいちゃんが死んだ（９４歳１１ヶ月）。
今までも、親戚、友人、先輩、恩師の死に出合った。

そんな時、
死について、
命の期限について真剣に考える時間ができる。

人生の有限を知っていても、
無限のように感じているから、死に出合うと"有限"が心をたたく。

２４時間×３６５日×８０年の有限。
２０代の中頃からの気持ちを「美学のオセロ」にも書いた。
（美学のオセロは１２００円。坂口に会う前に連絡してもらえば持参します）

※
若くして死んでしまう事もある。
悪い事をしていないのに、、、、なんて無意味。
「死に」人間の決めた良い悪いという判断基準は無い。
死や生の判断は「宇宙の創造者」なら可能であるが"判断"はしないだろう。

欠点が長所になる

欠点を伸ばしていくと特技になる。
欠点は"長所の種"である。種に水と肥料を与えて大きく育てて長所にする。

無限の中の一つ

無限の星
無限の銀河
無限の宇宙
その無限の中に存在する無限の生命。

その一つ。
無限の中の一つ。
地球。

全体の大きさ多さから見れば「目の前の１ミクロンのホコリ」と同じ大きさの
地球だったとして､､､
・・・歳をとればとるほど「無限の中の一つ」と感覚が強くなる。

理由は無い。
ただ、感じる。
１０歳くらいで初めて感じた"無限の中の一つ"という感じ。
歳をとるほど強く感じる。
理由は無い。

１９９９年秋のノートに書いてあった。
昨夜は目黒に住んでいた頃のノートが出てきた。

昨日は、長男の３歳の誕生日。

http://members.ld.infoseek.co.jp/saka04/keizi0011.htm

変わる時　　変わらないモノ
◇◇◇

坂口和大は「人生で残したいもの」「好きな事」「本当にやりたい事」を無理しないで自然にやっていて、がんばっている意識、感覚が無い良い感じ。
「本当にやりたい事」をやって寝食を忘れている状況が「充実」し「その時間が好き」である。

仕事・趣味・女性で競合ない関係。
利害の無い関係は良い。
人生の価値基準・何かを話す時に良い。

「２７歳の時」、
「３４歳の時」、
「現在」、
「タイムリミット」
「これから」
「優秀な人とは」
「故郷」
「東京」
「転機」
「家族」
「愛」
「学生時代」
「働く」
「職場や上司の意見より自分の意志」
「お金」
につい感じる楽しい時間。
いばた君。また、会おう。

http://members.ld.infoseek.co.jp/saka04/keizi0011.htm

すべて無意味？　それとも・・・

いつかは地球も太陽も宇宙も終わってしまう。
結果、最後はすべて無くなってしまう。

「結果だけを求めればすべて無意味」。

人間が生きて、
　"人間の時間"で感じ・意味を持つのはＤＮＡの継続が唯一。
時代・環境に影響されない本能真理である。進化でき生存している生命の人間。
それも無意味かもしれないが「人間時間」で感じられる１００年くらいの時間
でなら「意味が在る」。

賞状やトロフィをたくさんもらっても、お金をたくさん持っても［喜び、充実
に活かせないなら］無意味。
"意味"→今を生きている時間で感じている感じのみに意味が在る。
今生きている時間で幸せな時間を持つために「過去の実績・輝いた結果」「資産」
が必要な人には意味が在る。

物はいらない。
歳をほどほどとり、自分の死がみえてきて思う。
結局、物は自分が死んだら意味無くなる。
自分が生きている時間で使う必要なモノ以外は不要。

お金を１０億円求め、
　［何もしないでゴロゴロする人生が"夢"なんて］
【人生の無意味と人生の意味】を解っていない人間の考えである。
人生は「喜び」「苦労し」「充実する」から"生"を楽しめる。

※
「坂口和大は同じ家に１０年以上住んでいたことがない」
「生まれ～小学生～社会人～現在」。

行動、動く事が唯一

人は、
「変わりたいのに変われない面」と
「変わりたくないのに変わってしまう面」の両方を持っている。
そのバランスを「自分に合わせるには行動、動く事」が唯一である。

今の生き方・人生は、一番望んだ生き方であるか？
それとも、
何かを捨てて、すぐに変化するが正しいか？
自分の中から、湧き出て行動したい事があるか？
現状が最も正しいか？
人生のやり残しは？

２００８年８月、９４歳のおじいちゃんが死んだ。
２００８年１１月、次女が生まれた。
そして、周囲で生死もあった。
自分の体力の加齢での低下、
自分の老死も普通に想像できる。
残りの人生を考え、自分の人生を進もう。

http://members.ld.infoseek.co.jp/saka04/keizi0011.htm

●
始める能力。
継続できる能力。
どちらも持っている事が必要。

選択肢　が増える一手

オセロの基本は選択肢を多くする事である。
そして、人生の基本は行動する事である。

"動きまわっています"
「動きながら考える事」こそ「閃きとチャンス」に出会えるから。

想像し難い事

人は赤ちゃんから「じいさん、ばあさんまで」１００年間を生きる。

自分の父親、母親にも赤ちゃんの時、コドモの時、男性・女性として恋愛した時があった、が、自分がこの世に生まれ出た時以降は父親・母親なので想像し難い。

雪を見たことのない人は「マイナスの雪」が降ってくる事。
飛行機を見たことのない人は「重い物体に人が乗って空を飛ぶ」事。

微生物から人間に進化するまでの時間、本当に進化によって微生物から人間まで大きくなり形や機能が変わる時間。
８０年の時間と１４８２１４９９年、１２９６４７２１３年の時間。
時間、６歳から４１歳までの時間、
時間、太陽が燃えつきてしまうまでの時間、
時間、時間、時間、、、
こどもだった自分が大人になり（３０数歳若い自分から）親になるまでの時間。

・・・何事も【自分の事にならないと実感は無理】だ。

熱意があれば"思った時点で"初回の挑戦〜結果が出ている

「フルマラソン」
「本」
「オセロ」
「仕事」
「オセロイベント」
「オセロ教室」
「旅」
「手品」
思った時点で完成（完走）（出版）（できている）している。

【思った時点で動き、成功・失敗の初回結果が出ている】
思った時点で、
３０ｋｍを数回走っていて、
本の試作完成、
オセロイベントのトビコミ営業、
企画書提出は既に終わっている。
【フルマラソンをすると思う前に、３時間２０分台で完走している】
（そして時間かからずに、２時間４３分まで無理なく進んでいく）

坂口和大の人生で、思った時点でできている事がカタチ（モノ）になる事である。

そういう意味で［発明試作品は完成しているが、そこで止まっているからカタチにならない？

カタチになったのは【思った時点で】行動が進んでいた。
それまでの無意識の熱意の量がカタチになるかどうかのラインだ。

【思った時点で、結果のカタチは決まっている】。
（そして、カタチの大きさは決まっていない）

知的好奇心は

宇宙の構造、
宇宙の起源、
宇宙の外、
生命の起源と進化、、、、、、、、、、、、、
すべてが理解できたとしても、
自分の命の時間を無限の大きさにする事、
宇宙の外や宇宙起源の時間や場所へ行けはしない。
すなわち、「生きている今の環境で生きるしか出来ない」のである。

知的好奇心は解決されても「今を生きている自分が出来る事は、変わらない」

金魚が地球の上に在る「真空で。無重力で。宇宙線のある」宇宙空間を知り、行くことが無理であるように、人間も「宇宙の外」「他の次元」「宇宙のシン外」に行くことは無理である。・・・・人間が光子や他の［構成要素子］で出来ていたら"行く事が可能かもしれないが"人間で生まれ生きているなら［幸せの観点から］行く必要はない（知る必要は、知的好奇心の観点からはある）

自分が金魚（水の中の生）に生まれたら、、、、、、、、、、、、、
自分が人間（空気中）に生まれたから、、、、
自分が「宇宙空間」に生まれた生命だったら、、、、、、、、、

http://saka04.ld.infoseek.co.jp/nituki.htm

一つの体に二つの頭脳。
◇◇

一つの体に２つの頭脳。
一つの体に３つの頭脳。
一つの体に４つの頭脳。

そんな生命体が地球から遠く離れた星に存在する。

人間が２人合体して一つの体を持ったとイメージすればわかる。
自分と気の合う誰かを想像してしてみれば、
「寂しくならない」
「安易なミスを減らせる」
「慎重さが増す」
などのメリットがある。

大切なモノ
◇◇

幼い頃から１５年使っていた思い出のはさみ。
１０年前、愛着が深くなり、大事にしようと使わないで大事に梱包してしまっておいた。
そして、新しいはさみを使っていたら「しまっておいたはさみの事を忘れていた」

今、梱包を開けて気がついた。
大事なもの、一番大切なものは【今、使うから活きる】。

今だけが、現実。
今だけが、現実。
今だけが、現実。

時は、流れていく

時は、流れていく。

すべての生は、時の流れの中で老い、死す。

時は、戻らない。
時は、休まない。
時は、流れを変えない。

時は、流れていく。

出会えたから、出会い（Ｄｅａｉ）がＤｅａｒ、実感し理解した

教えてもらった。
大切にされ、愛される事。
・・・愛されるという幸せ・・・

そして・・・解った・・・
愛というカタチの無いもの
心というカタチの無いもの
時間というカタチの無いもの
出会い（Ｄｅａｉ）がＤｅａｒ、、、出会いの運命
年を取る自分・・・「生きる」・・・

何でも実現できる気分

しん、しん、しん、しん、しん、
ふ、ふ、ふ、ふ、ふ、
と無音で、雪は振り続け、雪がつもっていく。

２階の窓から外を見れば、
白い空から雪がふり、つもっていく。

しん、しん、しん、しん、しんと雪がつもっていく。
ふ、ふ、ふ、ふ、ふと雪がつもっていく。

都会から遠く、遠く、遠い遠い富山県高岡市の田んぼに雪がつもっていく。

そして、深夜の白い空から
しん、しん、しん、しん、しんと雪が降っている。
ふ、ふ、ふ、ふ、ふと雪が降っている。

進学、就職、その先・・・・・
田舎で、どう人生を過すのか？
見えるものが無く、幸せの指針も無い。

何も先が見えない自分、
１８歳の自分は"そこにいた"

４０歳の自分は"何でも実現できる気分で東京にいる"

３０代で実現してきた。
複数のこども・出版・オセロイベント多々・仕事・走る。
４０歳の自分は"何でも実現できる気分で東京にいる"

オセロ幸せ日記＋♫

人間関係・社会・男女関係・生きていく中で出合う多くの事は【グレー】で、
【白か黒かはっきりしない・あいまいなもの】。
【白か黒か】どちらかが明快に見えるオセロゲーム。
すっきりしない世の中で白か黒か１００％わかるオセロ
「グレーな世界」と「白黒が１００％わかる世界」の２面を持つことで[見える]
【見える世界、見える見えないもの、・・・見えてくる】

http://members.ld.infoseek.co.jp/saka04/keiz2001s.htm

女性３０歳、男性３５歳を過ぎた後

鏡を見て、
　[はじめてシワが見つかった時]
　[はじめて白髪が多く見つかった時]
　[体力が大きく落ち込んだ事に気がついた時]
　[精神的に弱くなる時間が増えた時]
　[２０歳を見て、自分が若くない事を自覚した時]
若さを失う自分にあせりを感じ、恋愛、結婚が不可能に思えたりする。

自分の外見の若さを失う恐れ・心配は持っている量が多いほど大きい。
「失う恐れ・心配は持っている量と比例」する。

転校・別れ、出会い・子供

生まれてから４０年以上の期間
１０年間同じ場所に住んでことがない。
少年期の別れと出会いが自分の基礎・根底。

現在、次女が入院中（木曜日２０時に入院）。
明日（日曜日）は会社に出て仕事。

子供が生まれ育つ時間の中で経験して感じ・理解していく多くの出来事。
その経験から、子供がいなかった頃の自分は大したことが無いと言い切れる。

【子供は目に見えて成長する。親は人間の本質から成長する】
（本質から、子供から、イッパイイッパイの自分自身から）

名人戦大盤解説

「２位から始まった人はオセロを続ける力を得る」

「奇数空きを序盤に作らせる定石　→　白が有利な局面になっているが"少し変化されると白の最善手が難しく"間違えやすい局面になりやすい」

「手筋などが完全にパターン化できないからオセロはゲームとして現在も存在している」

「優勝して代表になると、無意識にオセロを優先してしまう。そして家族に我慢させてしまう。→単純に優勝して代表になりたいとは言えない」

終盤の勝負どころまでに→時間を残す事は大事で、中盤の解のでない局面ではスピード優先で決断する。

人生は瞬時間

ずっと続くと思っていた日常。

日常が突然変わってしまう。
人生で数回そういう経験をする。

自分が今大事に思う事、
有限の時間の中で「素直」「本当」「信じる」「正しさ」「気持ちに正直」。
前へ、前進、前へ進もう。

　【行動しての失敗は失敗ではない】
「自分が本当にしたい事」と「他人の評価」は異なる角度。
他人の評価は「時代の一般常識・価値観」「他人の価値観」「世間の正義」によって変わる。

自分自身も１２歳の時、１８歳の時、２７歳の時、３４歳の時、４１歳が同じでない。
しかし、【いつも、自分】。

人生時間（８０年）の時間で考えれば、行動しての失敗は失敗ではない。
行動しないでの（失敗も成功もなく、変化の無い状態）という結果が【大失敗】。

すなわち、
やりたかった事に行動して、結果の成功・失敗どちらでも【大失敗】でないから、本当にやりたい事に向って行動すれば良い。

　【行動しての後悔はＯＫ】
やらないでの後悔は未練も増えて後悔が大きくなる。
だから、やりたい事に挑戦する。

坂口和大の人生で１８歳以降の根本思考である。

地球の大きさは、何光年の宇宙の大きさでは、ミクロン

一秒間に地球を７周と半周回るスピードの光。

光の速さ、
光は一秒間に地球を７周と半周回れるスピードが在る。
その光が、何時間、何日、何年、何０００年、何００００年、何０００００００年かかる距離が宇宙では多くある。

そんな宇宙の大きさで考えれば、
ミクロの微生物と同じくらいの地球の大きさ。
その地球に住む人間の大きさは『ミクロン』。
そのミクロンな大きさの人間が宇宙で起こせる事象は小さい。

人間が宇宙の構造を解読するのは、地球に住む（人間が顕微鏡で見なくては見えないくらい微小な）アメーバのような微生物が銀河系を解読するようなもの。。。

光の速さ、
光は一秒間に地球を７周と半周回れるスピードが在る。
【１秒で地球を７周以上進む光】
【１光年は地球７周半×６０秒×６０分×２４時間×３６５日。
【宇宙の大きさは１００００００００００光年以上、、、
その光が、１日、何ヶ月、何年、何０００年、何００００年、何０００００００年、何０００００００００年かかる距離が宇宙では普通に在る。
・・・宇宙は大きい。。。

※
宇宙の謎をすべて解いて「すべて」「すべての」「すべてを」
すべて理解した人間がいたら、
水で構成されている自分（人間）の限界、ちっぽけさ、無力を知ってしまう。

そして、生きる目的を失ってしまう。

※
人間が生きる１００年。
宇宙では１００００年、１０００００００年、１００００００００年も瞬間。
１００００００００００年と比べれば、１００年も１秒も同じくらいの長さ『微小の瞬時』。

宇宙の外に世界が無いとしてさえ、地球は小さい。
人間世界は、さらに小さな小さな存在。

人間も生物も、地球も、すべていつか無くなる。
意味無く無くなる。
そういう思いが在り、、、、、
他方では、人間として生きている実感としての喜怒哀楽のある毎日と自分の生きている感覚、人間・生物の趣ある幸せが在る。

※
人間。
地球で生きているすべて、存在しているすべて、、、、小さすぎる。
人間的に大きな太陽系も「光の速度では１００年さえかからない」。
宇宙の大きさから見れば「太陽系の大きさと地球上の微生物の大きさは同じ大きさ」である。
それが現実でも、水で構成された自分は"生きる"
何００００００光年でさえ誤差になる「大きな宇宙」の小さな小さな小さな場所で「２４時間の３６５日を８０回」。。。。。。。

オセロ

集中が大事。

しかし、見つめすぎると「見えなくなる」。
全体が見えるまで盤面から"離れて見れば"「見えるものがある」

１９９２年オセロ全日本選手権の１年前

「全員本選手権は予選で負け」
「親は仕事に集中しろオセロをやめろ」
「友人達は入社したら仕事だ」
そんな１９９１年に坂口和大は「根拠のまったく無い"確信"があった」

本気

２００４年１０月から２００９年４月末まで成増で、そして飯野さん
【本気に勝てる机上は無い】ことを学んだ。
【人生も本気で生きれば道は開ける気がした】

２０年前、２０年間

自分の子供に対して、「やりたい事をやって生きたいように生きていけ」と言っていても、自分の子供が２０歳くらいになった時に「小説家を目指すから」「歌手目指すから」「夢を追いたいから、、、」サラリーマンにならない、就職しない。と言った時、「自由に生きてはいけない」と言う。
そんな大人にならないように。。。

２０年前の就職した直後の坂口和大。個人事業者の部分を捨てないで生きてきた。人生一度きりだ。

それでも、人は孤独な存在

大好きな人と結婚、
毎週のように友達が増え、
ファンが増えていく。
そういう事で孤独でなくなる事はない。
「孤独」
１０年の時間で見れば、
人は、人間は孤独を感じる事がある。
誰にでも、
どんな環境でも孤独は起る。

※
年齢が高くなって、
寂しくならないように一生懸命生きている

持っている人といると寂しくなる

持っている人といると寂しくなる。
「子供が３人以上いる人」
「お金が５億円以上持っている人」
「何かで有名な人」
「多くの人から人気がある人」
「何かで才能に溢れている人」

【自分にないものを持っている人の"持っている部分"で競争してはいけない】
理由は、寂しくなる可能性が高いから。

※
自分が持っていないから欲しくなる。
異性からモテないから、異性からモテる事で勝負したがるのが人間、
だから、他人を意識しないで［自分の才能を活かしながら本能で生きる］。

理解できない人

何故そんなに普通の人生、普通に見られたいという生き方をする？
・・・人生は一度なけなのに、、、
安定したお金が得られるから？
多数の人と同じ安心感？

挑戦は経験値

今回の試合、今回の挑戦、と、気合の入れすぎが感性を鈍らせる。

だから、
気合を入れていないように自分をだまして、複数の事を何回も挑戦してみた。
その経験から「経験値が上がり、慣れてきて上手く出来るようになった」。

２０代では多くの経験をする事が重要なＰＯＩＮＴである。
経験しないで４０歳、５０歳になると「失敗が嫌で、しかも、無理かどうかの判断基準が経験していないので自分自身の中に存在しない」という事になる。
３０代であれば失敗の経験が４０代で活きる事は多い。

根拠の無い自信の継続

「夢・やりたい事」は、今までの生きてきた自分。その時間の中で付けた力（現在出来る事）を継続して"時間的な実績で成しえる"

根拠の存在しない自信。
それは、２０代前半の坂口和大にもあった。
周囲の誰にも理解されなかったが、自分の成功への自信。
期待値や根拠や証明は説明できなかったが、→そして現実に実現した。

２００７年～２００８年のオセロ

３０年前のマラソンは「前半ゆっくり」「中盤からスピードが上がり」「終盤勝負」のレース展開が主流だったが、最近は序盤から中盤ははペースメーカーがいて、終盤勝負でむかしで言う中盤がないレースが多くなった。
同じように、
オセロでも序盤→終盤で中盤の無いゲームが出てきていてゲーム特性（暗記とパズル面が増えて）が変わりつつある気もする。

一度だけの人生で、たくさんの経験をしたい》

人生は一度だけ。
やりたい事をすべてやる。
他人から見て中途半端に見えても「オセロ」「マラソン」「会社」「異性」「子供との時間」「旅」「一人の時間」「麻雀」「出版」「マジック」などすべて全力で一つ、一つやる。

引分け

オセロは先手、後手が一番良い手を常に打って行く事が続けけられた場合、引分けになるゲームである。
だからこそ、ゲームとして成立して大会が行われ続けているのである。

勝つ事は目的でなく手段

勝つ事は目的ではない。
勝つための時間・勝った後の時間を人生で経験するため。

東大に合格した。
ゴルフのスコアが７４で回った事がある。
甲子園に出てプロ野球の二軍にいた。
箱根駅伝に出た。
国体で入賞した。
・・・すごい事ではあるが、それから数年後でさえ社会で価値（お金を得る・ファンを得る）を持つている人は、２％～６％で９６％前後の人は普通に社会的に無価値な存在。・・・オリンピックに出ただけではやはり社会では無価値。

無価値で「無力」、社会的に役立つことなく無力で無価値。

役立つとは、自分自身が結果を出した後に、誰かを助け育成し結果を出したり、人から感謝されたりしていく事で「自分の周りに認めて協力してくれる人がいる」から"何かを始める事ができる"そして役立つ事になっていたりするのである。

・・・習い、教えてもらって東大や国体までいけるのは「言われた事を信じて」、「ＨＯＷＴＯ」「考え方」は依存していてもいい。努力を続ける能力が最重要である。
しかし、教えるのは「ＨＯＷＴＯ」「考え方」を自分で考えて「自分の伝え方、自分の教え方」で行くしかない。
共通の教え方は無く、テクニカルな基本指導が同じだけで、教える人の実績や人間性を含めた能力が見られている。
技術や練習方法だけを教えても［伝わらない］。
伝えて伝わるというのは「人の部分に技術の部分をのせて伝える」からである。

※
人が生きる意味として【自分の存在が他人に感謝される】事がある。

教える経験

野球教室、オセロ教室、サッカー教室、英語教室、、、
どこかで誰かがやっている教室のマネをしてしまい特色のない教室。
参考にする。というのはコピーする事ではない。

誰もやっていないかもしれない自分で考えた教室は不評になるかもしれない。
しかし、失敗から学ぶ事は多く、次に教室をやる時に「大きな経験値」として活きてくる。

誰かがやっている教室のマネでは学べない事、
「自分で考え、楽しませる企画を検討し実行してみる」
「自分の過去の経験から、上手くなるであろう教え方を企画実行する」
などの【経験】が【次の機会に失敗させない力をつけさせる】。

※
オセロ教室も
オセロ大盤解説も
オセロニュース原稿も
オセロ企画してアポなし営業も
経験値が増えて、上達していく。
・・・机上で考えている事は、行動し経験することで［気になるなくなる］。

長い時・短い時

子供が生まれて、現在5歳、3歳、0歳2ヶ月。
その5年、3年、二ヶ月は長い時。

もし、子供がいなかったら同じ5年、3年は短い時。
現在41歳の自分は、そう感じている。

・・・子供、今生まれた生命も100年くらいで死んでいく。10000000年も宇宙では短い時間。

考えてみればすごい事

電話が１０個のボタンで世界中につながる事。
電車の線路が世界中につながっている事。
海底ケーブルが日本からアメリカまでつながっている事。
パソコンが動く事。

発信する人、受信する人

創造：映画をつくる。小説を書く、モノを発明する。
：：：映画を見る。小説を読む、モノを使う。
何かをつくる人はつくるために、、、、漫画家は書くために映画を見るのである。

選ばれるのは

多くのこどもから一人を選択する時は、
あきっぽい性格は×。続けられる性格は○

「足りない」から頑張って自分の中で成功して「足りるようにする努力が続く」のである

人間は、自分が持っていないものに魅力を感じ、あこがれる性質を持っている。
「お金」「友人」「家族」「異性」「知能」「仕事」「土地」
持っているモノを「認識し、無い人の気持ちで認識すれば」満足できる。

お金が無い事が不満のモトだ。そしてお金を稼いで「お金を持つと」お金がある事が不満のモトになった。
「マンションは、場所に縛られるのでさらに不幸のモトになった」

年齢が高くなりモノを集めるなど、モノへのこだわりが少なくなってきた。

※
生命進化の過程で何０００００００年の単位で食べ物は不足し安全は少なく不安な日常であったから、尾てい骨のような␣なごりで［いくらお金があっても、いくらモノがあっても満足できないで不足感が出てくるのである］いくらお金や栄光を獲得しても満足しきれないのが人間生命。

家

高岡の家は広い。
子どもが二人成人して出て行って空き部屋も多い気がする。
しかし、空き部屋がないと母は言う、
そこで思う。
どんなに広い家に住んでいても「住んでいる立場だと"空き"は無いと思うもの」。
「お金」も「欲望」も、持ってしまうと「多く足りているのにマダマダ欲しいと思うものかもしれない」。

ちょうじりをあわせる

成功者と言われている人の中には「あとづけ」「ちょうじりあわせ」をして、若い頃から人生を深く、しっかり考え生きてきたかのようにみせる場合がある。しかし、成功した後にちょうじりのあう話をしている場合は多い。

芸能人、芸人、文化人のように

本能に素直に生きる"自信を"持つために何か一芸があったほうがいい。

人生は、生きた時間をどのように感じたかという本人感覚なので、仮面夫婦、仮面社員、などの生きている社会の評価（結果）にこだわりすぎると、、、、×、、、、、、、、、苦労や難があっても陣職を忘れる充実した時間を感じる一生懸命な坂口和大を求めている。

ゴールは結婚ではない、結婚は、人生のスタート地点の直前くらいの位置。。。。

失敗の"経験を活かせば"成功する

小学５年生の運動会の１０００ｍ競走、最初から全力で走り１周２００ｍの校庭を２周トップで、、、
その経験が［小学６年の運動会１０００ｍ競走で入賞→高岡市陸上競技会１０００ｍで入賞、中学３年市・地区・県選手権で勝ち→北信越大会まで進む］糧となった。

睡眠で苦しめば夢かなう

練習で苦しまないと［本番で苦しむ］、
睡眠時間を捨てないと［夢を失う］、時間を意識することなく［集中］できる
資質と環境がＰＯＩＮＴ。【苦しい時間が、楽しい時間と感じるようになる】。

１９８０年〜２００８年の日本

１９８０年〜２００８年の日本は、過去すべての時代より「誤差・まぎれ・の小さい時代だ」。　運不運・縁から結婚・子供・・・今の時代は多くの異性と付き合う経験・起業や出版や海外への挑戦が過去日本のどの時代より簡単で、子連れでも再婚している人も多々いる。

恋愛・サロマ湖１００Ｋｍ・育児

そう、辛いこと、楽しいこと、幸せなこと、経験してみないと【自分がどのように感じるのかわからない】推測はあてにならない。時間・経験している時間の中でわかるもの。
「何でもする人生」は「楽しく良い」と経験から言いたい。。。

人間がつくったお金

人間がつくったお金（人間が発明したお金）
動物や昆虫の世界にお金が存在していないように、
多分、
神様や宇宙のより高度な知的生物にもお金は存在しない気がする。

必ず理由がある

路上禁煙や携帯電話や飲酒運転は迷惑と感じる人が多くなり「注意する人が増えて､､､ルールが無いと辞めない人が多いからルールが出来る」そう、必要であるからルールが出来る。・・・・・現在の社会に存在している"すべて"には理由がある。

【存在するものすべてに理由がある】。

オセロを文化に、大人のたしなみとして、大人の楽しみとしてのオセロ

児童センタや小学校へオセロを提案すれば、親や先生の立場で見れば［安全に時間がつぶせて］ありがたがってくれるが、受験や他の事に比べ優先順位が低く、ある意味［時間つぶしでのオセロなので］大人になってオセロを続けていない。それではオセロ普及につながっていかない。だから、大人のたしなみとしてオセロを大人に楽しいと感じてもらう。その一つとして、都心の有名カルチャーセンターで【大人向け】にオセロを楽しんでもらう］。

依頼が来る

特色在るイベント、オセロ普及と楽しむから「依頼が来る、集まってくる」。
パチンコや競馬好きが、パチンコや競馬やギャンブルで２万負けて、負けた２万を取り戻そうと【お金が目的だと】［冷静さ］と［楽しさ］を失って負けが増えていく。
・・・楽しむから次が存在する。

ハート製造機

◎☆象Ψ
長女の美和が考えたハート製造機。
２００７年、２００８年の幸せ製造機、ハート製造機は坂口家にテレビが無い効果とおもう。

坂口和大の手品

坂口和大の手品は初心者ボクシング。

「力」パンチ力・技術は少ない、
「タイミング」で決める。
ジャブを出して「ストレートを相手の心に打ち込む」。
そうやって「力」パンチ力・技術も必要に感じ、そして実戦の経験からHOW TOも解ってくる。

３７歳以降に縁を感じた日時

いとこで一番仲良しのナオチャンの誕生日は２月２６日。
最近２月２６日は、縁ある日な気がしている。

※
月は「２月」と「７月」の２つが縁ある気がしている。

タイミングが在る

人生の時間ので、
今しか出来ない事がる。

１８歳でしか出来ない事。
２３歳でしか出来ない事。
２７歳でしか出来ない事。
３０歳でしか出来ない事。
３４歳でしか出来ない事。
３８歳でしか出来ない事。

・・・仕事、家族、環境・・・時間は、、、自分時間は多くはない。

その人生期間にしか出来ない事、その時間にしか実現できない事が存在する。

行動には必要性

人はみなお金が欲しい。
しかし、お金のために休みの日（土日など）にコンビニなどで働く人はいない。
行動しない理由は、無理してまでやる【必要性】が無いから。

メタボリック・肥満・デブでも「やせるために運動し、食事制限はできない」。
がまんする労力と結果を想像して【必要性】がないと人は行動しないのである。

そう、
人は、メリットだけでは決定しない。
人それぞれの個人価値観で【必要性が大きい時に行動する】

※
いつも、慣れた環境（ぬるい環境）にいる時に余裕（浅い考え）で生活してしまう。
環境が変わった悩み・苦しい時にしか真剣に［未来のための深く考え、勇気ある行動はできない］。
そんな時だ。

角にこだわって、角を取った

欲しかった"角"にこだわって"角を取った"
ふと、気がつけば、1石対63石で負けていた。
「取った1石は、お金」。
63石の中に親友、異性、本当にやりたかった事、幼き夢、家族、、、、、、、、、、

オセロのパターン化

序盤は定石の暗記、中盤と終盤はパターン化［６０手目をＡ２に打ってナナメが返るなら勝ち、返らないなら負けになる。だから５０手目はＨ６に打つべきなどのパターン化］。【オセロはパターン化できないからゲームとして残っている。　もしパターン化できていたらパズルとなってしまう。"美学のオセロpage（終盤4/5）に書いたゲームとパズル"についてはそういう意味である】

「オセロがパターン化できるなら」
オセロは考えたらダメ（負け）で
パターンに当てはめる。というパズルになる。
そうであればゲームとして広まる事はなかった。

恋人との間の不確定愛

愛は、親から子供への愛だけが愛。

３人のこどもの親になり思う。

自分のＤＮＡ・血のつながりがない愛を求めてしまうが、理想でしかない。
「こどもがいない時の愛は、親になってから考えれば・・・」

あの日、子供だった自分に親が何を教えていたのか、今なら解る。

富山県高岡市、おたまじゃくし

現在、富山県高岡市。

今日（6/27）の朝7時までは、近所でいつもの週末（皇居、新宿、国立競技場）のつもりだった。
・・・10数時間後の現在、長男（3歳）と富山県高岡市にいる（長女は今夜国立競技場でサッカー観戦）。
長男が虫捕りしたいと言い、昨夜の会社オセロ多面打ち・歓迎会の余韻があり、先月の転勤後に出会った人達と話した流れから、突然新幹線で"おたまじゃくし"に会いに来た。

家庭で"カエル"と"おたまじゃくし"が泳いでいる。

おたまじゃくしを見ていて、ふと、
地球は人間中心の場所のように人はビルを建て森を無くしていくが、
太陽系の中心が地球でなく、銀河の中心が太陽系でなく、宇宙の中心が銀河系でないように、［神が存在してもしなくでも］『地球は人間の為だけには創造されないだろう』おたまじゃくし・カエル・人間・木・クワガタなど地球は共有である。そして、地球は人間の世界であり、地球は蟻の世界でもある。

地球は、人間の専有場所ではない。

坂口家は物理的に、テレビ無し・冷房無し・暖房無し。
地球環境を意識して始めたことではない。
地球環境なら、「エレベータに乗らず歩く」「冷暖房は物理的になくす」事から始めるべし。

http://members.ld.infoseek.co.jp/saka04/nituki.htm

兄弟姉妹を見れば環境適応が見える

進化論は環境適応していれば残る。と言っている。

強いＤＮＡ、美しさＤＮＡ、頭の良いＤＮＡが残っていくのでない、
環境に適応したＤＮＡ、次の進化に必要なＤＮＡが残っていく。
だから、「家系のＤＮＡ」の観点から兄弟姉妹の子供数を見よ。

坂口和大には妹がいる。
坂口和大には子供が３人
妹には子供が２人。

妻には姉と弟がいる。
姉には子供３人
妻には子供３人
最近結婚した弟には子供１人がいる。

自分が時代環境に適応していない［残らないＤＮＡ］でも
相手が残るＤＮＡなら残る可能性が５０％ある。
自分が残るＤＮＡを持っていても相手が残らないＤＮＡなら、５０％。

兄弟姉妹を見ればある程度は時代環境に適応しているＤＮＡかどうかある程度わかる。

※
［肉体的力］［知能指数］［美人］［いいこ］［正］が生き残るとは限らない。
勝って次へ・残るＤＮＡ・次世代へ継承、、、時代・環境に合わせた生が残る。
現代なら【自分の性質を理解し】【行動した生】が残り・勝ち次へ伝えられる。
そして、環境適応していれば３人以上子供が残る。
「３人生まないで死んでいく夫婦ばかりでは、人口は減っていく」
（男女の数の違い、幼く病死など）。
さらに、仲がよいかどうかは「子供が３人以上」か「２人以下」かで判断できる。
３人目は流れ、何となくでは出来ない。仲良さが３人目ができる前提になっているからである。
・・・地球は一つの生命、進化に不可欠なＤＮＡは残る・・・

今、何をすべきか解って行動している

・会社で午前中の３時間に何をしておくべきか？
・会社で今日中に何をしておくべきか？
・会社後に何をしておくべきか？
を解っていて行動の優先を決めている。

さらには、
「この一年で何をしておくべき」か？
「８０年の人生で何をしておくべき」か？
「今、何をすべきか解って行動する」。

それを理解するテクニックを一つ。
１９７９年、高岡市立平米小学校タチマコト先生が担任だった時期に聞いた。
「年齢を３で割る」と「一生を考えやすい」と言う事。
それを坂口なりに下記に、

１２歳（４時）実現を考えず夢の中で空想している、起きる前（多くの人は、人生始まっていない）
１５歳（５時）夢を見ながら、もう少し寝ていてもＯＫかも？
１８歳（６時）起きる前（夢がある人は努力を増やしていく時間）
２４歳（８時）夢を実現するため頑張る時間、「良い日」のきっかけにしたい。
２７歳（９時）頭が働くチャンスの時間、２４時間を意識しだす
３０歳（１０時）周囲と差が出てくる時間、この時間に楽をして努力しないと「努力する能力を失う」
３６歳（１２時）午前中が終わり午後になった、結婚、出産、夢、人生のチャンスをつかめたか「運・縁」を何度も何度も逃がしていないかどうか、午前中の生き方（正直、素直）が表面化してきだす。「運・縁」の誤差が少なくなってくる時期。
４２歳（１４時）「運・縁」の誤差はほとんど無い。行動力や好奇心の大きさが表面化している。環境を求めて東京に出てきたか？出会いを求めて生きてきたか？９時から１３時過ぎまでの生き方（正直、素直）が誤差ほとんどなく表面化している。
４５歳（１５時）午後も時間が過ぎてきた。ここから新規に始めても大きな事は出来ない。これまでの時間でつくってきた環境、つきあい継続してきた人、

のばせた能力、１５時までの生き方での信用、やり遂げた結果をトリガーにして新たな気持ちになれるかで１６時以降に差がついていく。
４８歳（１６時）後輩、次世代、、、
６０歳（２０時）そろそろ、、、
６９歳（２３時）
７２歳（２４時）
７３歳以降は余生と言う考え方だと思う、７３歳以降に体力・知力は期待できないのもたしかである。

何歳（何時）までに何をしておくべきかを実感しやすくする方法である。

今、４２歳の自分。
残り人生２年と思って今を生きてみたら、
残り人生１００年と思って今を生きてみたら、
今日の時間の使い方、生き方が変わるだろう。
「あせりをなくし、緊急にすべき事をして、会うべき人に会いに行き、・・・
見えてくる。わかってくる」

逆

君子危うきに近づかず、
虎穴に要らずんば虎子を得ず
と全く逆の格言が存在し、都合よく使い分けされている。

本能に素直、結婚する

２０歳過ぎの合コンやお見合いパーティや異性とふらふらしているダメそうな女性でも「恋愛、結婚という基準」で見れば、キャリアに夢中になっている女性の１００倍は恋愛努力している。合コン・お見合いパーティ・友人の紹介・ナンパ・そういう出会いの努力は２０年後表面化している現実は出会い努力の大きさに比例している。

感情（いたい、うれしい、かゆい、ほしい、たのしいなど）と人間本能については人間共通である。
有名になりたい、子供が欲しい、多くの人に認められたい、お金がほしいは共通である。

２０代→本能に素直に生きていたかどうかは表面化している。

４０歳頃から思う

「自分が生きてきた時間で好きだった人、好きだったものを未来に残したいと思う」。
そして、自分の子供を残したいと思う。

また、
自分と誰かとを比較してもキリが無い。
上には誰かがいる。
上にも下にも多くの人がいる。
前を見たら、自分の子供がいた。
子供がいなかったら人生で負けた気分になっていた。
それを考えれば、育児、仕事、苦痛のすべては我慢できる。
４０歳過ぎた現在の実感である。

●
趣味は、本能で好き嫌い（向き不向き）がある。
本当の共有ができるのは同じ趣味で出会い→結婚した場合のみ。
それ以外は趣味を合わせる程度の共有である。

●
大きく分けると、
女性は、不満に対して
「すねる。そして不満を貯めて怒る時には解決不可能な女性」
か
「毎回怒る。が、長期的に結婚生活するべき女性」しかいないかも。

●
やせる事、お金持ちになる事は目的でない。
その後"健康とか、何かを手に入れて幸せになる"ための条件でしかない。

●
就職、結婚、子供の誕生、
いろいろな出来事があった。
その時々で、両親は喜んでいた。
その中で両親の圧倒な喜びは、子供の誕生（孫の誕生）である。
そういう実感をもっている４１歳の坂口　和大。

●
磁石が鉄を引き寄せていくように。
特別な個性（美人や特異能力）は社会に選ばれていく。
それは、秋田や富山や大分にいても選ばれていく。

その後に、社会に認められ必要とされるなら「３０歳までには一芸を持ち、
４０歳までに一芸で社会に貢献している」
・・・３０歳までに一芸に優れないなら「個性でなく、事務処理能力を向上させよ」。

才能・能力があるなら「自分に素直に、真っ直ぐ」進め。
才能・能力がないなら「どうすれば、社会から必要とされるか」悩め。

車で移動
◇◇◇

遠足など、車で移動すると、
行きは長く感じ、
帰りは短く感じる。

人生も２０歳までは長く感じ
２０歳以降は短く感じる。

●
経験していない事について、自分の特性や向いているかを「考えている時間が無駄」である。
すぐに「ピアノ、剣道、マラソン、オセロ、語学」はじめて、「経験してから考えるのが良い」。

●
あしたのジョーは"人生最大の２回の大勝負で負け続けた"
ホセ、力石、、、２回とも勝てなかったが、
「勝つ事は目標？　勝つ事は手段」、ふと思えば、、、
「本人の充実」が人生の目的なら「結果の価値は小さくなる」。
あしたのジョーは力石、そしてホセとライバルに負けたが「人生の価値は結果よりも生き方と生きた時間の充実]
さかもとりょうま、おだのぶなが、途中で暗殺されて、のぶながにいたっては身内に殺されたが［人は年齢をとれば、結果より、生きた時間の内容が人生である実感]

●
１３歳から２０代前半の坂口和大は、
本気になれば何でも実現可能・できると思っていた。
しかし
全力で努力してみたら「何も出来ない」「何も成せない」

そんな現実と自分を知った。
　　　　↓　↓　↓
　　　だから、２５歳以降、そこそこ成功する事がある。

オセロの角

角にこだわる君
お金にこだわる君
４角取ればオセロは勝てる。と思い。
お金があれば幸せになれる。と思い。
「お金」や「角」に依存する君。
伝えよう・・・・・・角もお金も"有効に使って活きる"
・・・完全なもので無い、それどころか「有る」から不幸になることさえある。

０点を３０点にする努力はやめろ

まず、一つ特技を持つ。
最初は、
「０点を３０点にする努力はしてはいけない」
「９０点を１００点にする事に１００％努力して１００点を取って」
その次に
「０点を３０点にしようとすれば」
「１００点を取った経験が活きて」
「０点が１００点までいくかもしれない」
坂口和大のマラソン、麻雀、異性、オセロ、仕事、すべてそうかもしれない。

世間が決めること、他人が決めること

「自己ＰＲは不要」
「自分で決める分野ではない」

頭が良い。
美人。
社会で価値がある人間。
良い人。
天才は、社会・世間・相手が決めること。

自分で「私は、美人」と思いっていても、相手が「美人と感じていなければ美人ではない」
良い悪いは「自分で決める必要は無い」。
社会が決めてくれて「必要なら"求められる"し、不要なら孤独になる」

２３歳　坂口和大

２３歳、
周囲の環境にいた人々すべてから、
賛成されなかった

オセロを続けたのは根拠の無い自分の"確信"
根拠を探したり、冷静に分析したり、可能性を考えたり、確率を意識したら
オセロを続けていなかった。
オセロをやめていた。

その人生経験から言おう。
「迷いが無い」「周囲に理解者がいなくても、自分を信じられたら」
１０代や２０代なら根拠や確率を考えないで"全力で行動して"いい。
【行動の結果を持って】人生を歩いていけばいい。

構想とは

簡単に言えば、
「どういうカタチで中終盤をむかえたいかの序中盤の考え」である。

かわいい女性

１歳になったばかりの次女。
あかちゃんがかわいいのは「笑う」「泣く」しかなく。
「すねる」「怒る」がないからである。

できちゃった結婚のススメ

３０歳過ぎたら、できちゃった結婚がオススメ。
できなければ別れて「他の生き方が幸せに近くなる事多し」
相性・環境を変えれば「変われるかもしれない」

オセロ、音楽、小説、将棋、マラソン、マンガ、表現

坂口和大が小学生だった３０年前には、過去の誰かが似たような事をやっていて、多くの表現は出尽くしている。そんな状況で「自己表現とは、古い表現の幾つかを"新しい組み合わせで新しく見せる事"かもしれない」。だから、過去の情報を入れすぎず（テレビもインターネットも家に入れず）に"自分で考え、発見する感覚が充実を生んでいる気がする。

いるけれど居場所が無い感じ、と言う君

君が世界で役立つかどうか自分にはわからないが、
自分は、君が世界に存在してくれた方が嬉しい。

そして、いつまでも素直な心を残していてほしい。

【オセロ入門】

こんにちは、公認指導員（こうにんしどういん）の坂口　和大（さかぐち　かずひろ）です。
オセロが強くなるコツを教えるよ！

オセロ多面打ちや児童センタでオセロをすると、
多くの人がオセロは、
①「**最初から、たくさんの石を取って**」→②「**辺を取りまくって**」→③「**最終的に角を取る**」
という戦法を必勝法だと考えているように思える。
しかし、これでは有段者と試合をして勝つ事は不可能である。
では、どうすれば良いのか？
今回（こんかい）は、それを指南（しなん）しましょう。
具体的（ぐたいてき）には「**石は多い方が不利なことが多い**」について教えるよ！

まず、下図を見てほしい。①→②のところでまで進んだ局面だ。
次は○の番です。さて、どこに打てば良いのだろうか？
考えてみて欲しい。

（図1）次○番

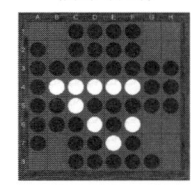

ここで○が打てる場所が10箇所（B1、B2、B7、B8、G1、G2、G6、G7、H2、H6）ある。

・・・ここでビックリする話をしよう。

【**実は、この局面は○の勝ちの局面**】なのです。
さらに、【**○は10箇所のどこに打っても○が勝ちなのである**】。
（○はB1、B2、B7、B8、G1、G2、G6、G7、H2、H6のどこでも○が勝ち）

上の図1の盤面で、○は「○B1」でも、「○B8」でも○は勝つ事ができるのである。
（最初の図で●は既に負けの局面なのである）
でも、安心してはいけない。オセロは逆転される事が多いゲームである。

では、
○が一番勝ちやすい一手を考えてみよう！

（図2）○H6

それは、○H6である。
○が○H6に打てば、図2となり●が打てるのは「●G6」「●G7」「●H7」の3箇所。
「●G6」ならば○は○H2として●に●G2に打たせてから○

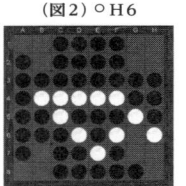

99

H1 とすれば良い。
「●G7」ならば○は○H8 とすれば良い。
「●H7」ならば○は○G6 として●に●G7 を打たせれば良い。

(今回は、○H6 →●H7 →○G6・・・の手順を下図で一手づつ見てね)
(最善は、○H6 →●G7 →○H8・・・・・・・・・(○+38 石勝ち)

(図3)●H7　　(図4)○G6　　(図5)●G7　　(図6)○G8

(図7)○B2　　(図8)●B1　　(図9)○A1　　(図10)○G1

(図11)●G2　　(図12)○H2　　(図13)●H1　　(図14)○A8

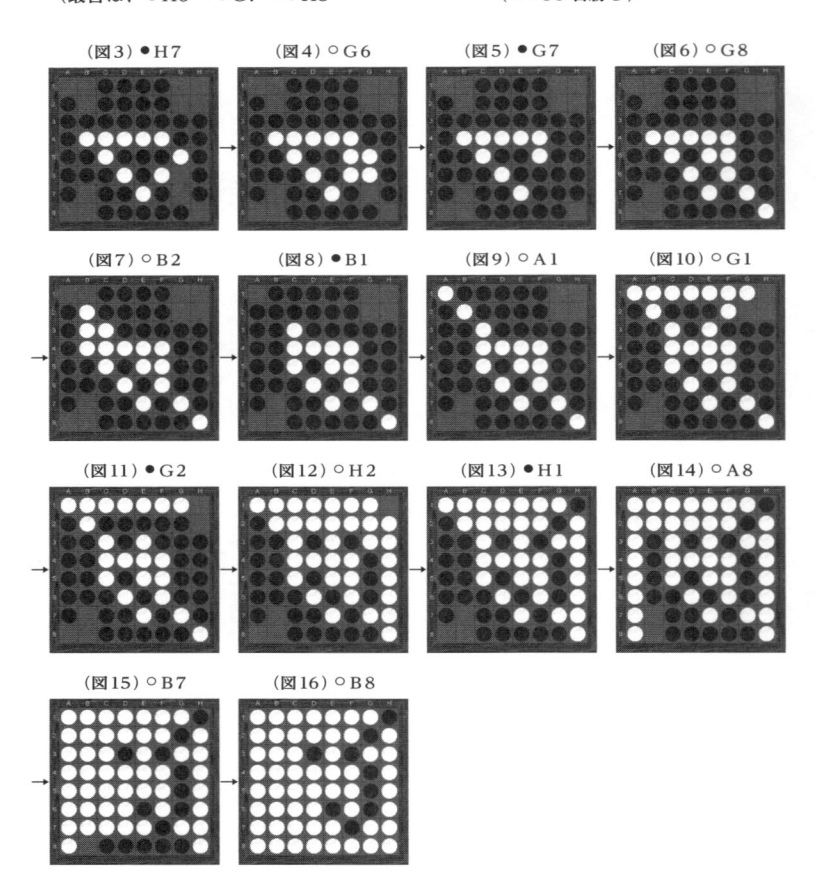

(図15)○B7　　(図16)○B8

○が最初に、10箇所（B1、B2、B7、B8、G1、G2、G6、G7、H2、H6）に打った後を●も○も最善手（さいぜんしゅ）であった時の○が何石勝ちになるかというと、

○H6（+38石勝ち）
○G2（+26石勝ち）
○B7（+26石勝ち）
○G6（+22石勝ち）
○B2（+20石勝ち）
○G1（+16石勝ち）
○B1（+16石勝ち）
○G7（+10石勝ち）
○H2（+8石勝ち）
○B8（+8石勝ち）

である。

今回のオセロ入門：「石は多い方が不利なことが多い」から学ぶコツは、

・最初は石の少ない方が良い（打てる場所が多くなり、打つ場所を選べるのでどこかに良い手がある）。
・辺は取らない方が良い（最初の方は相手に辺をとらせたほうが、終盤に自分に良い手ができやすい）。
・終盤、できるなら相手にX（B2、B7、G2、G7）を打たせて、自分が「角」（A1、A8、H1、H8）を取る。
です。

【オセロ入門】

オセロ公認指導員の坂口　和大です。
今回は、オセロ的に「終盤での、いい手」の「考え方」を指南するよ。
図1を見てみよう。次が●番です。
図1で●が打てるのは「B2」「H7」「H8」の3箇所です、1箇所だけ●が勝てる場所があります。どこでしょうか？

（図1）次●番

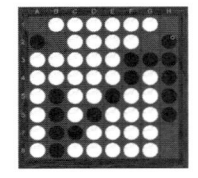

そうです。
答えは「●B2」です（図2から手順を示すよ。）
この B2 の手の意味は、●が B2 の次に○に A1 を打たせて、現在●石の E5 を○にして、●が H8 に打った時に G7 が●に変わらないで「H8 と H7 の両方を●が打つため」という重要な一手です。
図1で「●H7」なら「○H8」で○が勝ちになり、
図1で「●H8」なら「○H7」で○が勝ちになります。

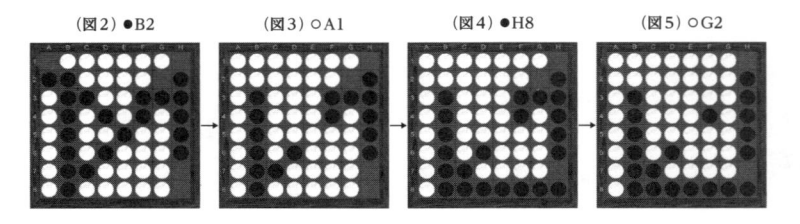

（図2）●B2　　　（図3）○A1　　　（図4）●H8　　　（図5）○G2

図5の局面では、しっかり考え（最終的な石の数を数える）なくてはいけません。

最初にこの一手（●B2）が打てても、簡単に勝てないのがオセロの面白いところです。
図5まできたら「ゆっくり考えなくてはいけません」。
ここで●は「H1」と「H7」の両方を連続して打てます。
しかし、大きな違いがあります。

図5から
「●H1」→「●H7」
と
「●H7」→「●H1」
の違いは何でしょうか？

両方の盤面を載せておきますので違いを見てね。

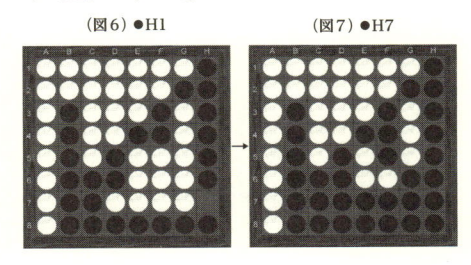

図5から
「●H1」→「●H7」

(図6) ●H1   (図7) ●H7

●33石と○31石　で●の勝ち

図5から
「●H7」→「●H1」

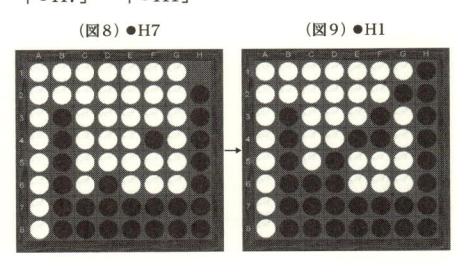

(図8) ●H7   (図9) ●H1

●31石と○33石　で○の勝ち

103

そう。
「F5」と「G6」の石が●か○かの違いです。
この違いによって「●31石○33石」と「●33石○31石」の違いになり、
「勝ち」と「負け」が変わってしまいます。
オセロは、黒が打って、白が打って、黒が打って、白が打って、黒が打って・・・・・・
を繰り返していく。
しかし、「相手にパスさせれば」自分が続けて打てる。
そう、オセロの終盤の「いい手とは、自分が続けて打つ」である。
（もう一つは、「奇数空きは自分から打つ」である）

※
終盤のポイントは、
【相手にパスさせて、自分が続けて打てるようにする】。

※
終盤の気をつけるべきは、図6からのH1とH7の関係のように
【2個空き以上では、手順前後を考えよう】。
それと、
【石数を数えられるといいので練習してみよう】。
（図1から最終図までの石数の変化⇒●石数は、最初16石⇒21石⇒16石⇒22石
⇒20石⇒26石⇒白パス⇒33石　最終的に●33石と○31石になることを図1の
盤面からオセロ盤を使わずに何度も繰り返し練習してみましょう）。

【オセロ入門】

こんにちは、公認指導員（こうにんしどういん）の坂口　和大（さかぐち　かずひろ）です。

<u>オセロは4つの【角】を取れば勝てる、と言う人がいる。</u>
しかし、それは錯覚である。
オセロで四つの角を全てとっても負ける事がある。
さて、今回は私が① 2005年に出版した美学のオセロ（碧天舎）から「4角を全部取っても勝てない事」がある。② 2007年に出版したオセロ幸せ日記（太陽出版）から「序盤からたくさん石を取り過ぎて打つところを減らしてはいけない」と言うオセロの本質二つを教えるよ。（参考までに2冊とも大半はエッセイ本である）

オセロの一番の基本指針は「角を取る」。
そう、基本は「角を取る事を目指していく」のである。
しかし、その一番重要な角でさえ「完全」でない。
例えて言えば、「オセロの角」は「人間社会のお金」のようである。
オセロの本質は「自分が角に打つ事ではない」。表面的には「角」であるが「オセロの本質は、終盤までの確定石と・終盤の手止まり」である。さらには「偶数理論・Xライン&Cライン&Aラインのケア」などがある。（そして、角をとる一手が敗着になる事もある）。

（図1）

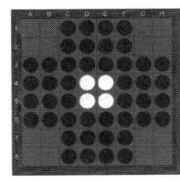

まず、図1から4角取っても勝てない、図1からお互いに最高の一手を打ち合えば図2〜図17の手順で●46石、〇18石で4角取った〇が負けてしまうのである。
4角を取らせても「手得していれば」相手にパスさせる事が可能になり、自分が続けて打てるので"続けて打っている時に取れる石数で勝てる"のである。

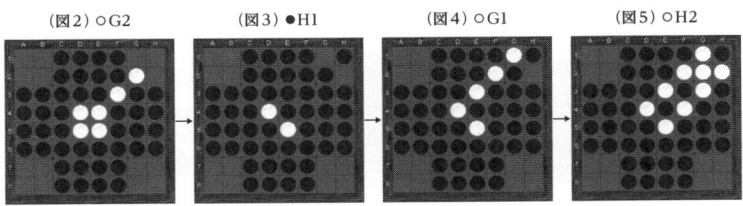

（図2）〇G2　　（図3）●H1　　（図4）〇G1　　（図5）〇H2

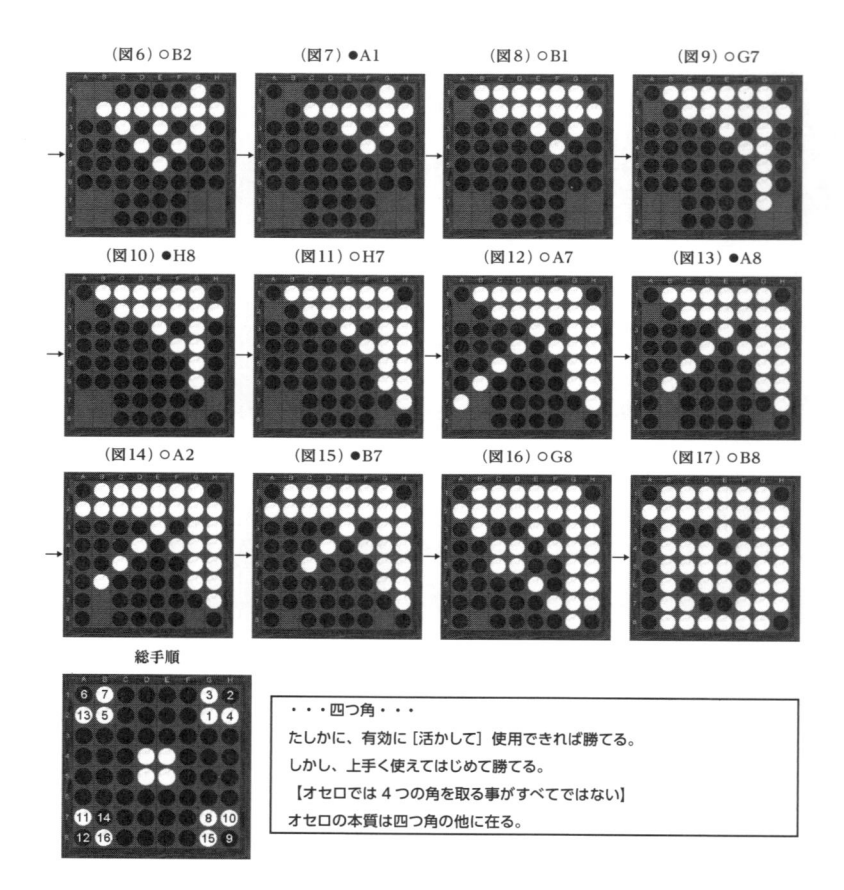

(図6) ○B2　　　(図7) ●A1　　　(図8) ○B1　　　(図9) ○G7

(図10) ●H8　　(図11) ○H7　　(図12) ○A7　　(図13) ●A8

(図14) ○A2　　(図15) ●B7　　(図16) ○G8　　(図17) ○B8

総手順

・・・四つ角・・・

たしかに、有効に［活かして］使用できれば勝てる。
しかし、上手く使えてはじめて勝てる。
【オセロでは4つの角を取る事がすべてではない】
オセロの本質は四つ角の他に在る。

次に序盤からたくさん石を取りすぎて打つところを減らしてはいけない事を示すよ。序盤からたくさん取り過ぎると「手損して打つ場所が減って、打ちたくない場所しか打つ場所が無くなり、打ちたくない場所に打たされて負けてしまうのである」。
なんだか人生と似ていて「選択肢が多ければ、何とかできる可能性のある一手が存在するものである」。
図Aから、○が次の一手で○F7に打つと以下のように負けてしまいます。（この局面では、すでに○は苦しいが○G3に打っておきたい）

(図A)

オセロ感覚、局面を見た瞬間の"直感"で思いつく一手。(今回で言えば、手得の感覚)「図Aの局面」で有段者なら見た瞬間に手得の観点からG3を思いつくであろう。

初心者が打つ代表的な悪手がF7(理由は、たくさん取れるから)である。オセロは最終的に盤面上で多くなれば良いので、途中まで石の多さは意識する必要はない。

【オセロでは、中盤で自分が打つ場所が1～3箇所しかない"打つ手の選択肢が少ない状態"になると、勝つ事はほとんどない】。

○がF7に打った場合の一例以下に示します(最終的に盤面はすべて●になりました)。

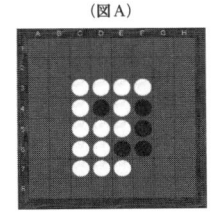

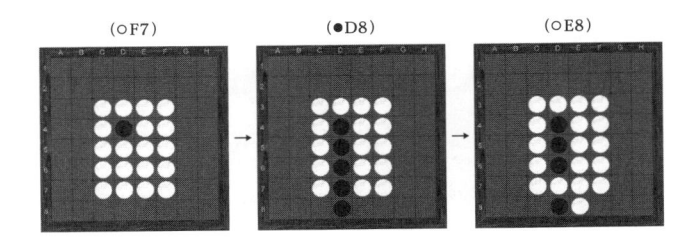

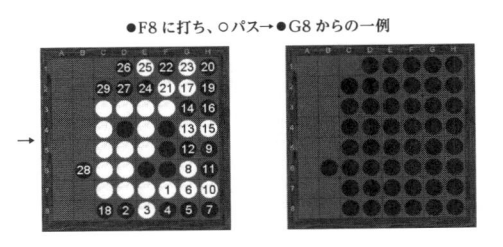

(○F7)　　　　　　(●D8)　　　　　　(○E8)

●F8に打ち、○パス→●G8からの一例

【オセロ入門】

こんにちは、オセロ公認指導員（こうにんしどういん）の坂口　和大（さかぐち　かずひろ）です。

<u>今回のテーマは、序盤の考え方です。</u>
今回の序盤の基本をマスターすれば、序盤のコツが見えてくるようになります。
（次の段階では、序盤の定石を知る必要が出てきます）
さて、オセロでの最初の●1手目はどこに置いても同じで、○2手目は3種類の場所があります。
図1は、一手目を●F5に打った時に盤面です、○の2手目の選択肢は3箇所です。

（図1）

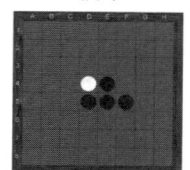

図1の盤面で、初心者が打つべきでない手が○F4です。
○F4の後の局面が○にとって難しく初心者がすべての石を取られて全滅する事が多いからです。
では、初心者が後手の時、○2手目にどこに打つべきでしょうか？
それは、【初心者が打つべきは"○D6"】です。
そして序盤の感覚がつかめた気がしたら"○F6"を打ってみる事をオススメします。

ここまでは、○（後手）になった場合の○2手目についてのワンポイントです。
****

さて、今回のテーマのポイントは、
《穴が出来たら入れ》です。
序盤のコツは、
①穴が出来たら入る。
②石の多くある場所の近くに打つ。
③角のとなりに打たない。
④打った手で、中心の方にある石を取り、自分の石を中心に集める。
⑤迷ったら、相手の石を少なく取る手を打つ。　　　　　　　　　　　　　　など です。

初心者が最初に考える作戦の「（すべての局面で、B2、B7、G2、G7を除く）打てる場所のなかで"相手の石を一番たくさん取る手"」は悪手の場合が多い。理由は、"相手の石を一番たくさん取る手"を続けていくと、自分が打てる場所が減っていき、中盤には、自分が打てる場所が"打ちたくない1箇所か2箇所になり、相手に角を取られ・確定石を増やされていくからです。
【自分の打てる場所を増やせば"選択肢が増えて"その中に好手がある可能性が高くなる】。
これがオセロの序盤の基本です。

しかし、基本・コツの例外も少なくないです。
オセロは構想・思考して「最終盤面が多く」なれば勝ちとなるゲームです。
基本の例外を利用したハメ手なども存在します。
が、まずは基本を理解する事をから始めてください、あれもこれも例外も一度にマスターしようとすると「基本の理解」が遅れ歪んでしまいます。
では、今回のテーマについて、局面図で考えてみましょう。
図2、図4、図5は●番。図3は○番です。
どこに打つべき（局面を見て最初に思いつく場所はどこ）でしょう？

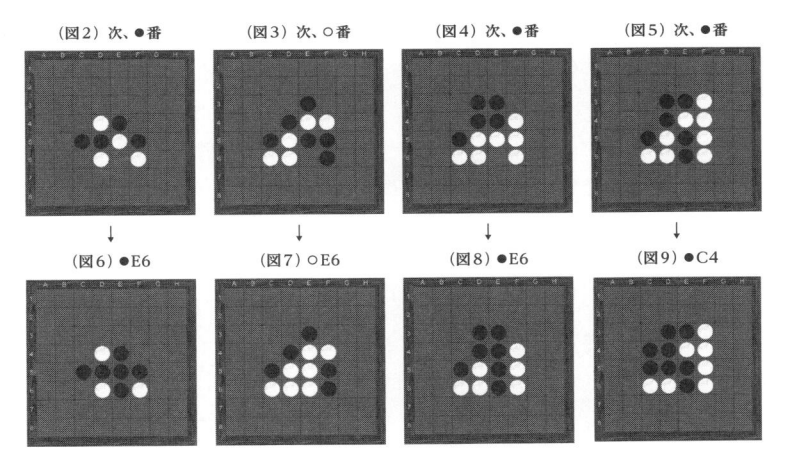

（図2）次、●番　　（図3）次、○番　　（図4）次、●番　　（図5）次、●番

↓　　　　　　　　↓　　　　　　　　↓　　　　　　　　↓

（図6）●E6　　（図7）○E6　　（図8）●E6　　（図9）●C4

それぞれの局面で「穴を埋める一手」盤面の中の石を取る一手が"打つべき一手"です。

良い手とは、
「穴を埋める一手」。
「盤面で真ん中の石を返すように打つ一手」
逆に、穴を空けるような一手は悪い手である。

続いて下図（図10～図13）で、次の一手を考えて見ましょう。

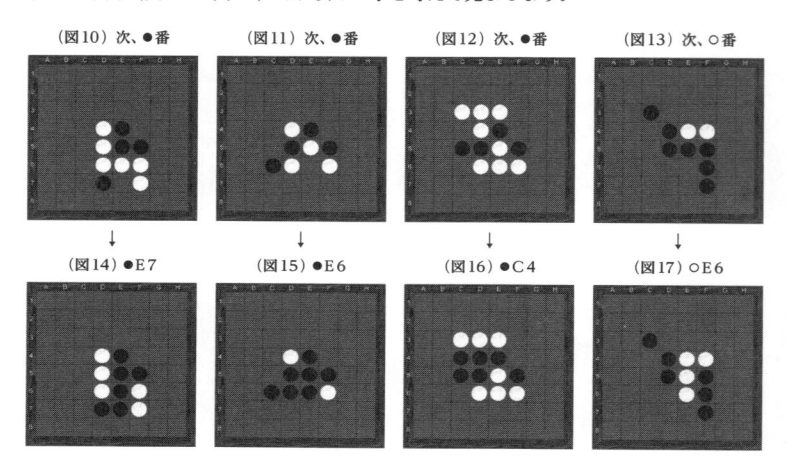

（図10）次、●番　　（図11）次、●番　　（図12）次、●番　　（図13）次、○番

↓　　　　　　　　↓　　　　　　　　↓　　　　　　　　↓

（図14）●E7　　（図15）●E6　　（図16）●C4　　（図17）○E6

図14～図17のように打つのが基本となります。

※
まず、序盤は「基本の一手」「定石」の手を打つようにしましょう。
そして、
オセロをたくさんして、序盤の基本がマスターできたら基本以外の手も考えましょう。
例えば図3の局面（次○番）では○D3も悪くない手に直感的には見えます、○D3に打った後の想定展開を頭の中の盤面で考えます。「○D3」→「●F3」→「○C4」→「●C2」→「○D2」→「●C1」→「○G4」と進むとしたら、○は図3の局面で○E6と打った後の想定展開とどちらが良いのか？　そういう感じで「現在の盤面から"未来をイメージして・考え・構想を持ってオセロは打っていくゲーム"です」。

【オセロ入門】

こんにちは、オセロ公認指導員（こうにんしどういん）の坂口　和大（さかぐち　かずひろ）です。
今回のオセロ入門テーマは、57手目、58手目です。　3個空き（58手目）と4個空き（57手目）を考えるよ。
私が競技オセロを始めてから30年が経ちます。その時間の中で多くのオセロ初心者（級位者）に会って来ました。
そして【初心者（級位者）が"負けを減らす有効な手段の一つ"は57手目、58手目の悪手を減らす事である】と考えるようになりました。
オセロを競技として始めたばかりの人は、経験が少なく感覚で最善手が見えにくいので"ゆっくり石を数え""持ち時間が少ない事でパニックにならない"事が最善手順を見つける条件ですが、石を数える習慣がないために「試合で、石を数える事ができない」という状況をみる事があります。そこで今回は以下の図1と図2で3個空き（58手目）と4個空き（57手目）について学習してみましょう。

まず、図1で58手目（3個空き）を考えてみましょう。次は○番58手目（3個空き）です。どう打てば勝てるでしょうか？

（図1）次○番です

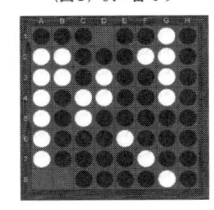

想定手順は2つ、
1は、○D1→●A8→○B8
2は、○A8→●B8→○D1

1は、偶数理論を重視し、「A8とB8の空き」と「D1」の両方で最終手を打つ。
2は、A列を●に取られないようにA8に先着し、○はA列とナナメラインを取り最終手で○D1に打つ。

想定手順1と2について○石を数えてみましょう。
図1で現在の○石の数は、、○20石（数え方はA列○6個+B列○2個+C列○2個+D列○2個+E列○1個+F列○2個+G列○5個）
1の手順で○27個（○D1）→21個（●A8）→34個（○B8）
2の手順で○26個（○A8）→25個（●B8）→31個（○D1）
となり、最善手順は1の手順で○34石となります。（A列は●に取られましたが、○は下辺とB列とナナメでA列以上に石を得ています）
ポイントは、「現在の石を数える」→「想定手順を考える」→「想定手順の石数の変化を考える」　について落ち着いて頭の中で返し忘れをしないで石を数える事です。

次に、図2は57手目（4個空き）の●番です。この局面で●の打てる場所は「A1」「E8」「F8」の3箇所です。最善手順は？

(図2) 次●番です

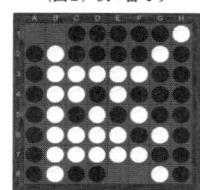

想定手順は4つ（手順1と手順2については、手順前後で同じ終局になる盤面を一つの手順とする）、
1から3の○の手順は偶数理論優先でオセロ的に90％以上この中に最善手順があります。
1は、●A1→○B1→●E8→○F8（●E8→○F8→●A1→○B1　も同じ終局盤面になる）
2は、●A1→○B1→●F8→○E8（●F8→○E8→●A1→○B1　も同じ終局盤面になる）
3は、●E8→○F8→●B1→○A1
4は、●E8→○B1→●F8→●A1

他の手順は4の手順と同様に○が損をする手である。理由を簡単に言えば、オセロでは個々の空きます（図2のE8とF8の空きマス、そして、A1とB1の空きマス）については"偶数理論"を重視して「個々の空き」で最終手を打つ手が最善になる可能性が高い。

想定手順1から4について●石を数えてみましょう。
現在の●石の数は、●34石（数え方はA列●7個＋C列●4個＋D列●4個＋E列●3個＋F列●4個＋G列●5個＋H列●7個）
1の手順で●37石(●A1)→●30石(○B1)→●38石(●E8)→●32石(○F8)　(●E8→○F8→●A1→○B1　も同じ終局盤面で●32石)
2の手順で●37石(●A1)→●30石(○B1)→●35石(●F8)→●31石(○E8)　(●F8→○E8→●A1→○B1　も同じ終局盤面で●31石)
3の手順で●42石(●E8)→●36石(○F8)→●40石(●B1)→●33石(○A1)
4の手順で●42石(●E8)→●36石(○B1)→●38石(●F8)→●41石(●A1)
となり、最善手順は3の手順で●33石となります。

図2の盤面は、有段者でも時間が少なければミスをする局面です。以下の最善手順を頭の中で計算できるように練習してみてください。

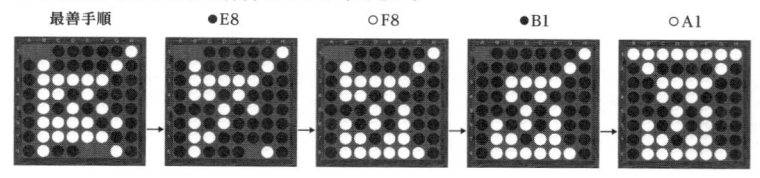

最善手順　　　　●E8　　　　○F8　　　　●B1　　　　○A1

112

【オセロ入門】

こんにちは、オセロ公認指導員（こうにんしどういん）の坂口　和大（さかぐち　かずひろ）です。

今回のオセロ入門テーマは、「手得」です。　初心者の方が序盤で打つ場所がなくなる事を防ぐ事が目的です。

オセロの序盤・中盤では「打たないでパスできるルールならパスが最善手になる局面が多い」。この事がオセロの序盤・中盤のポイントです。

オセロも人生も苦しくなってから「頑張って、普通に戻す」ための力は"苦しくならないための力"の数倍以上である。オセロの序盤で苦しくなるのは「手損」してしまうからです。手得の考え方を私の著書「美学のオセロ」から図1で説明するよ（局面は1984年名人戦と1985年名人戦で私が実際に打った●の一手：この局面は1985年私が高校時の文化祭でのオセロ教室以降何度も例題にしている手得の基本局面です）。

図1で●の打つ手は●E6です。

図1の局面で次が○番なら打てる場所は11箇所（C2、C3、C4、D2、E2、F2、F6、G3、G4、G6、H6）。図1で●がE6に打った場合に図2となり、○が打てる場所は7箇所（C3、D2、F2、F6、F7、G3、H6）と【11箇所から7箇所と4箇所減らしたという「手得」ができました】。このように相手の手数を減らす事が出来る手は「良い手」である。

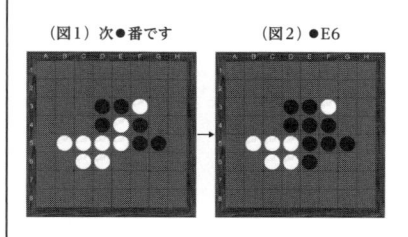

（図1）次●番です　　　（図2）●E6

有段者は、図1を見た瞬間に最善手は●E6と考える前に浮ぶはずである。理由は●E6に打った手で○から●に変わる2つの石「E4」「E5」に接する石の状況である。「E4」の周囲の「D3」「E3」「F3」「D4」「F4」「D5」「E5」「F5」の場所が●か○の石が存在していて"空きますがない事"である。「E5」についても「D4」「E4」「F4」「D5」「F5」「D6」「E6」の場所が●か○の石が存在していて「空きますはF6の一箇所のみ」である。このように「打った手で返した石が囲まれた場所である事、すなわち内側の石を返す事で、打つ場所が減って打ちたくない場所に打たされる」という事態が防げます。「ポイントは、内側の石を自分の石にするように打って手得する事」が序盤の考え方の基本になります。

次に、図3を見てください。

(図3) 次●番です

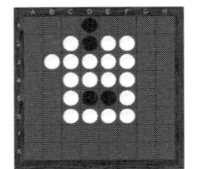

図3で●の打つべき手は、どこでしょうか？ 手得の観点から考えて見てください。

打つべき手は「●E1」です。理由は、図3の局面で○が打てるのは「C1」「E1」の2箇所のみ。
図3で●がE1に打った後の盤面(図4)でも「C1」「F1」の2箇所のみです。

他の場所は「手得の考えで、損な手です」。例えば、●がD7に打つと○は「C7」「E7」「C8」「D8」「F8」の手を増やしてしまい、「C1」「E1」含め○の打てる場所が7箇所になり「相手の選択肢を増やしてしまいます」。
図4から実戦を載せておきます。

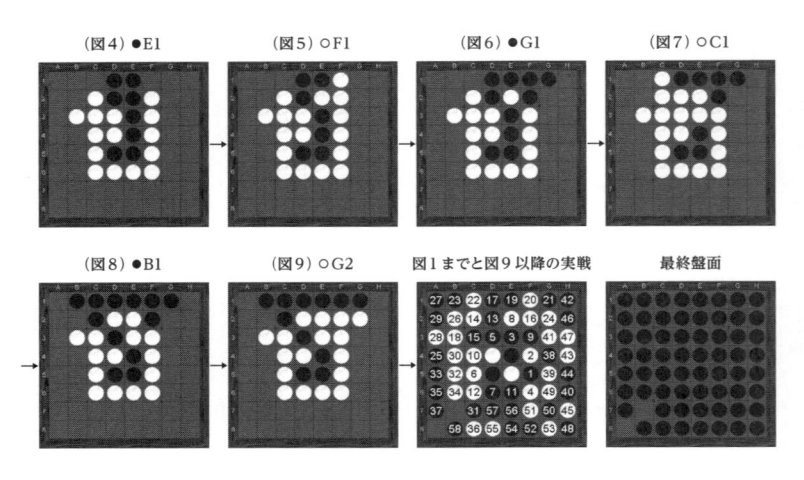

(図4) ●E1　　(図5) ○F1　　(図6) ●G1　　(図7) ○C1

(図8) ●B1　　(図9) ○G2　　図1までと図9以降の実戦　　最終盤面

「オセロニュース93号のオセロ入門：序盤の考え方」と今回(95号)の「手得」をマスターしてオセロの序盤を楽しんでください。

次に、序盤の基本手筋について「C打ちの危険性」について考えてみましょう。
今回は「単独C打ちは角を取られる事多し」と「C打ち含む3石並びを攻める一つの例として、角取らせて角を取る」を示すよ。

(図1) 次●番です

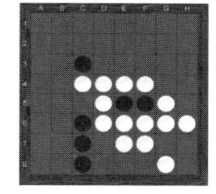

図1の局面は、○が単独Ｃ打ち（Ｃ打ちとは、4つの角 A1・H1・A8・H8 の横の B1・G1・A2・H2・A7・H7・B8・G8）した局面である。
図1の盤面は「○が G8 に打った後」に「●が C8 に打ち」→「○が C4 に打った」盤面である。
次の●はどこに打てば良いでしょうか？
手筋[トサカ]で●は H8 が取れるので、図1で●が打つべき手は E8 です。
以下で手筋[トサカ]の手順を示すよ（自分がＡ打ち→Ｂ打ち→Ａ打ちで角を取る手順：この局面では C8 → E8 → F8 と●が打っていく手順の手筋）。

【手筋トサカ】●E8　　→　　○どこでも（今回は D8）　　→　　●F8（●は H8 が取れるようになる）

「単独でのＣ打ち」は角を取られる事が多いので序盤では打たないことがポイントです。

逆に、相手に単独Ｃ打ちさせたら2マス・3マス空けて打つ手が良い手になることが多い。

次に中盤でのＣ打ちについて図2と図3で考えてみましょう。

(図1) 次●番です

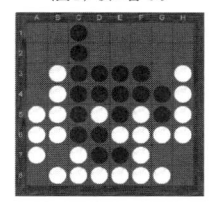

図2の局面は、○がＣ打ちの A7 を含む3石並び（A5、A6、A7）の危険な形です。
次の●はどこに打てば良いでしょうか？
手筋[サカ]で●は A8 が取れるので、図2で●が打つべき手は A2 です。
以下で手筋[サカ]の手順を示すよ。

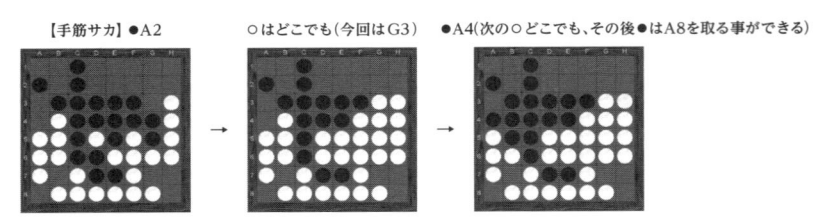

【手筋サカ】●A2　　　○はどこでも(今回はG3)　　●A4(次の○どこでも、その後●はA8を取る事ができる)

●がA2と打った後、次の○がA3とA4のどちらにも打てないことがポイントです。(坂を上るようにA2→A4→A8と打ちましょう)　あとは、●A8　→　●H8を打ってからG列やH列で●が増えるように考えて打っていきましょう

(図3)次●番です　　　【ストナー】●はG7　　　(○どこでも)→●はE8

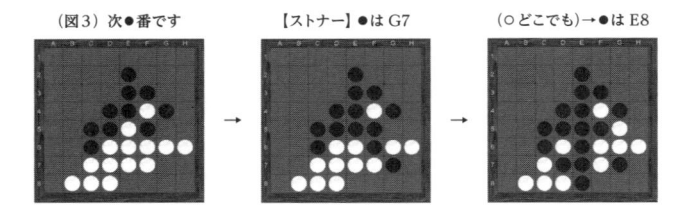

図3で「G7」に打つ手がストナー。将来H8を白に取らせるがE8～A8までを黒が取れる手筋。以下にその手順を示すよ。【角を取らせて角を取る】手筋なので局面全体の状況によって必ずしも良い手にはならないが"有効度高い手筋"である。

●E8に対して○F8だと「G7の●石が○石になって、●にH8を取られてしまう」ので、●はA8を取れるのです。

ちなみに、「図3の盤面でE8にも○を増やした盤面」でも「●はG7」に打つことで「●はA8が取れます」。手順としては「●G7」→「○どこでも」→「●F8」で●A8が取れます(○がG8だと「G7の●石が○石になって」、●にH8も取られてしまいます)。

【オセロ入門】

こんにちは、オセロ公認指導員（こうにんしどういん）の坂口 和大（さかぐち かずひろ）です。
<u>今回のオセロ入門テーマは、【イメージ】です。</u>　（オセロを始めたばかりの方は角を取って勝つイメージを体得してください）
「角の力、角が有効に使えて4角&4辺を取れば勝てる」事を以下の盤面をイメージしてみてください。
図1の盤面では●60石で○1石です。そして3手進めば（○A8→○H8→○H1）

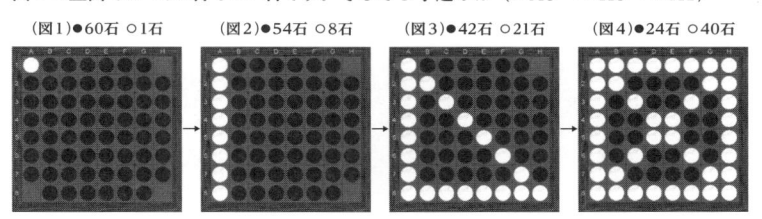

(図1)●60石 ○1石　　(図2)●54石 ○8石　　(図3)●42石 ○21石　　(図4)●24石 ○40石

となります。<u>図1で○は1石ですが、3手で39石増えています（○は1石→40石、●は60石→24石）。</u>
上図で、「一度おけば、相手に取りかえされない"角"を取る事」の大切さを上図でイメージしておいてください。

次に、下図で角の取り方をイメージしてください。[手筋：サカグチ]
図5の盤面で○は角（H8とA8の両方）を取れています。その手順を頭の中でイメージしてください。「(手筋サカグチは多面打ちイベントで坂口が頻繁に使う手筋)」

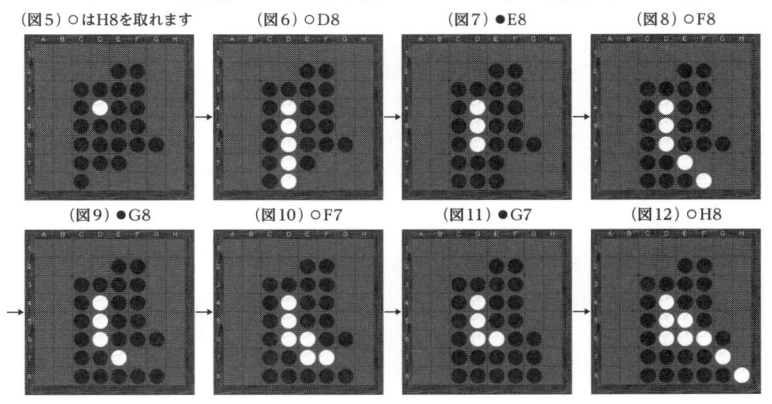

(図5) ○はH8を取れます　　(図6) ○D8　　(図7) ●E8　　(図8) ○F8

(図9) ●G8　　(図10) ○F7　　(図11) ●G7　　(図12) ○H8

117

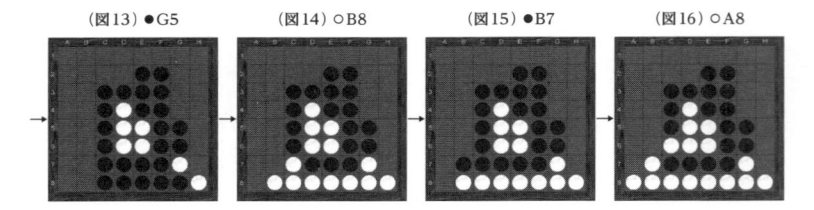

(図13) ●G5　　　(図14) ○B8　　　(図15) ●B7　　　(図16) ○A8

図16から○は角（H8、A8）を有効に使い、○H5などに打って○石を確定させて増やしていけば大勝できます。「手筋サカグチ」は、角の周囲が空いている状態で「角が取れます」。

次は、角を取る事を最優先する相手にA打ち（A3、A6、C1、C8、F1、F8、H3、H6）された盤面から「4つの角を相手に取らせて勝つイメージ」を図Aで何度も頭の中でイメージして試合で使えるようになってください（最善手順を以下の図A1～図A16に示します）。

(図A) 次●番です。

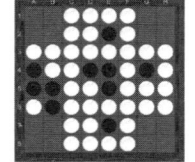

左図（図A）で、●がどこに打っても角を取られてしまいます。初心者は「●は角を取る事ができないように思え、図Aの盤面で●が負けているイメージを持つ事が多いです。
しかし、高段者は図Aを見た瞬間に●が勝つ手順をイメージできるのです。その手順を以下の図で、何度も繰り返し頭の中でイメージしてください。

《オセロの角はお金のようなもの》　人生でお金があっても幸せであるとは限らない。
角に固執し過ぎると大切な本質を見失い4つの角を取ったのに負けるという事になってしまう。角を取るためにA打ちを繰り返すことは角を取るためのポイントではあるが、盤面のすべてのA打ちして4角を取れたとしてオセロで勝つこととイコールではない。【角は序盤や中盤に取って[角を上手く使える]なら幸せになれる】が上手く使えず、角を取ったから負ける事もある。

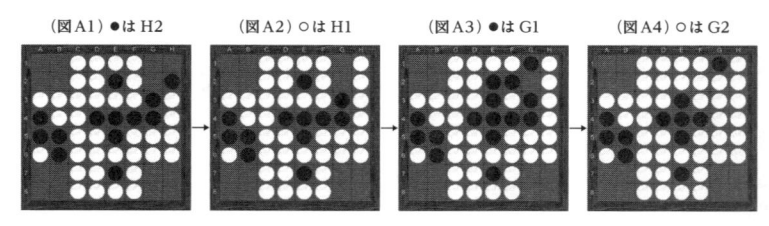

(図A1) ●はH2　　　(図A2) ○はH1　　　(図A3) ●はG1　　　(図A4) ○はG2

(図A5) ●はH7　(図A6) ○はH8　(図A7) ●はA2　(図A8) ○はA1

(図A9) ●はB2　(図A10) ○はA7　(図A11) ●はB1　(図A12) ○はG7

(図A13) ●はG8　(図A14) ●はB7　(図A15) ○はA8　(図A16) ●はB8
（●38石 ○26石）

【オセロ入門】

こんにちは、オセロ公認指導員(こうにんしどういん)の坂口　和大(さかぐち　かずひろ)です。
今回のオセロ入門テーマは、中盤の考え方【お互いに打てる場所は先に打て、返した石の周囲は石多く】です。
初心者が有段者と試合をすると「中盤で打てる場所が少なくなり、打ちたくない場所に打たされて」角を取られて大敗してしまう事が多い。
それを防ぐオセロの中盤における本質を東急渋谷BEカルチャーセンターオセロ教室2009年7月資料から少し引用して説明するよ。
まず、
1【オセロは打てる場所の多い方が有利】それは、多くの局面で打たずにパスできるならパスが最良手になるという事（ルールで禁止）
2【お互いに打てる場所を見つけて先に打て】それは、打てる場所がなくなり打ちたくない場所に打たされないため（例外は少ない）
3【オセロの基本　→　手数を多くする一手を打つ事】
を感覚的に打てるようになるための一歩を次の図で考えてみよう。

(図1) 次●番です

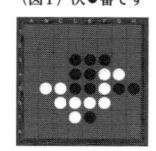

図1で●の打つ手は●G6です。
何故●G6が良いのか説明するよ。
オセロの中盤で
① 『次が○番でも、●番でも打てる場所』
② 『返される石の周囲8石すべてに石が存在する』(8石は●でも○でもOK)
に打つ手は100%「良い手」である。
　(図1の局面で●G6に打てば、○から●に裏返るF5の石に接するE4・E5・E6・F4・F6・G4・G5・G6の8箇所のすべての場所に石が存在する。そして、「●番でも○番でも」G6に打つ事が可能である

そう、図1の局面でA5やB6などの場所は●だけが打つ事可能な場所なので急いで打つ必要はなく「打つ場所がなくなった時のために保存しておけばいい」のである。高段者はこのような考えを意識していない。図1を見た瞬間に●G6が浮かぶ、オセロや思考ゲーム全体に言えることだが「読み」は確認作業になる場合が多い。【局面を見た瞬間に浮かぶ第一候補が最善手である】稀に例外がある、そう「読みとは、有段者が高段者になるための"例外"発見作業である」かもしれない。しかし、初心者には「局面を見ても頭に最善手が浮かばない」、そこで中盤は①と②を意識しながら打つべき手を考えてみよう。経験と慣れが「オセロ感覚を開眼させてくれる日」を与えてくれる。

次に図2で○番ならどこに打つべきでしょうか？　また図2で●番ならどこに打つべきでしょうか？

(図2) 次○番です

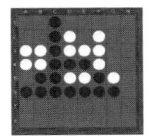

図2で○番なら○の打つ手は○A5です。
『返される石の周囲8石すべてに石が存在する』(B5、C5の周囲8石の場所に石がある)
そして、
図2で●番なら●の打つ手は●A5です。
『返される石の周囲8石すべてに石が存在する』(B4の周囲8石の場所に石がある)

辺について中盤は、相手に「角を取られないで、周囲の辺を取らせていく」事が出来れば「終盤で有利になっている」はずくらいに初心者のうちは単純に考えていればいい。(ただし、打てる場所が多くある局面である事)

そして、図2のような局面から辺を取らせて図3のような局面にして、「角を取られないで、周囲の辺を取らせた局面から勝つ"終盤パターン"で快勝」してみましょう。図3の局面は○が勝っている。見た瞬間に間違えないで打てるようになれば、中盤の打ち方も良くなっていくはずである。

不安なオセラーは「辺と周囲を相手に取らせて勝つ」事ができるようにオセロ入門(オセロニュース90号以降)で練習して強くなりましょう。

(図3) 次○番です

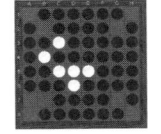

図3で○はB2、G2、A7、B7、G7の5箇所のどこに打てば勝てるのか？
図4～図13で正解手順を示すので、頭の中で○石数を数えながら最終局面をイメージして○石の最終数を出してみてください。
初心者が間違えやすいのは図3で○B7に打つ一手を選ぶ事である。○B7→●A8→○A7と考えたが、実際には○B7→●A8の後に○A7に打つ事が不可能である事に○B7→●A8の後に気がつく。
「考え方としては、図3の局面で●に●B2を打たせれば○は勝てるので、左下の3個空き(A7、B7、A8)で○から打ち始めて○は2回打てれば良いのである。そして初手○A7、○B7を検討すればいいのである」

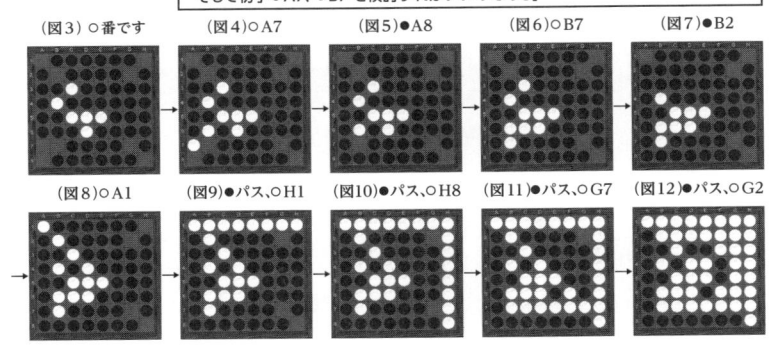

(図3)○番です　(図4)○A7　(図5)●A8　(図6)○B7　(図7)●B2

(図8)○A1　(図9)●パス、○H1　(図10)●パス、○H8　(図11)●パス、○G7　(図12)●パス、○G2

121

次に、有段者達の試合でたびたび起こる展開を見ながら中盤打ち方イメージをしていきましょう。
図13のように●も○も基本に忠実に進行した図14の局面から図16で中盤を考えてみよう。

(図13)　　(図14) 次○番です

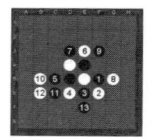

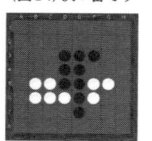

図14で○の打つべきは、オセロ的には○F4です。
しかし、○F4→●G4と進んだ局面で○はC4・D7・F7の3箇所のどこにも打てない。それなら図14の局面で○F4より、○D7と打っておけば○D7→●どこかに打った後に「○はC4・F4のどちらかに打てる」。その方が○にとってメリットがある可能性がある。

「図14では、○D7か○F4がオセロ的好手です」

(図15) 次●番です

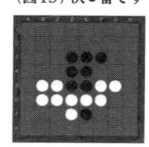

図14で○D7に打った局面図15で●の打つべきは、
①『次が○番でも、●番でも打てる場所』
②『返される石の周囲8石すべてに石が存在する』
の一手、●F7が第一候補である。
もしくは、○F4を打たれるのを防ぐ●D8も有力な一手である。

「図15では、●F7か●D8がオセロ的に好手です」

(図16) 次○番です

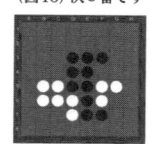

図16で○の打つ手は
①『次が○番でも、●番でも打てる場所』
②『返される石の周囲8石すべてに石が存在する』
の一手、○F4である。

「図16で○F4がオセロ的な好手である。他の手は○F4より劣るが、オセロの有効戦術の"引っ張り"的には○D8や○F8にも坂口的に目が行く（ただし図16の局面で引っ張りは直感で効果なさそうに見える）場所です」

(図17) 次○番です。もし●番ならどこに打つかをイメージしながら○の打つ場所を考えてみましょう

オセロ的に図17で○の打つべき手は○F3ですが、○F3に打った次の手で●にC4を打たれてしまいます。
○F3も●C4も『返される石の周囲8石すべてに石が存在する一手』です、そういう局面では"後から"着手した方が得をする事が多いです。そういう時には『相手の打ちたい場所に打たせない一手』、図17では○D7が検討すべき一手です。

「図17で3手読みしたなら○F3より、○D7が有効な一手になる可能性が多くある」

122

今回（97号）の坂口格言は、【人は一人でいるより、仲間とした方がいい。オセロの一手は返される石の周りに、石があったほうがいい。人は周囲の人を理解するには時間がかかる。「オセロで返される石」の「周囲の石が●か○は関係ない」。人間の周囲（彼氏・彼女・親友）だって、理解するには5年でも足りない。「オセロで返される石の周囲が●石か○石かは関係ない、周りに多くの石があれば●でも○でも将来、良い関係になれる石がある」そう、初対面の人を判断して好き・嫌い・良い・悪い人と思っても長期的にはアテにならないのと同じ。あの出会いが在ったから人生楽しかったというように、あの石が隣に在ったから勝てたとなるので、返る石が孤独石にならないように打って（生きて）いくのが基本の考えです。

※ 東京おもちゃ美術館（四谷三丁目駅、もしくは都営新宿線曙橋駅から徒歩）で基本的に毎月第四土曜日はオセロの日で坂口九段がいます。いろいろなおもちゃやゲームがあり、将棋・囲碁の女流プロの来館日もあります。友人同士で来館してオセロをすることも可能です。日時、詳細等は東京おもちゃ美術館で検索して確認してから来館してください（イベントが行われる月などは日程が変わります）。

【オセロ入門】

こんにちは、オセロ公認指導員（こうにんしどういん）の坂口　和大（さかぐち　かずひろ）です。
2009年4月から開講している東急渋谷BEカルチャーセンターオセロ講座での資料が好評なので（前回97号は中盤）今回は序盤の指南です。
「今回はオセロのルールしか知らない超初心者も序盤を"それなりに良い手が打てる"即効思考」を指南するよ（東急渋谷2009年11月分から）
オセロにはさまざまな序盤があります。初心者が序盤を覚え・考えるには限界があります。そこで、序盤の効果的な指針（坂口理論）です。
オセロ入門（オセロニュース93号、95号）で2回序盤をしていますが、さらにシンプルに良い手を探す方法が今回の坂口理論です。今号と3つで序盤その1（1985年私が高校3年の時に坂口オセロノートに記載した理論）です。

オセロは●と○が交互に打っていき最終盤面で多くなれば勝つゲームです。初心者が序盤という迷路の中で困ったら"指針として坂口理論"です
坂口理論とは、オセロの序盤では【直前に相手が打った手で"返した石"を、上書きするように返し返す手は良い手である。やってはいけないのは直前に相手の置いた石を返す事】というものです。　　　言い方を少し変化させると次の２つ。
①【自分が打った手で返した石を、次の手で相手が返せない打ち方は良い打ち方で、相手にさらに上書きされる打ち方は良い手とは限らない】
②【直前に相手が打った石、その石を返す手は良くない】（相手が直前に置いた石は返してはいけない。　　　ウサギ定石の10手目が例外なのは"その石を返さないと"図15のように「打たれた手で、返される石の周囲のすべてに石が存在する」からである。）
最後に石を多くする目的のゲームで、指針無き初心者が「序盤で打つべき場所を決める時」に「大きな不利になりにくい」打ち方ができます
（優先順位、93号、95号での記載した内容、中抜き、中央4石の価値、引っ張り、サカパターン、返される石の周囲の石の数、サカ率との優先率はページの都合で今号ではふれません。98号では初心者が初期に必要な序盤の指針として指南します）
坂口理論を指針として序盤を打てば、打てる場所がなくなりにくく"ある程度の形勢"で戦えます。その中で序盤のコツを見出して欲しい。

（図1）次○番です

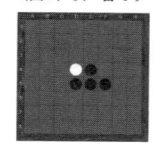

オセロの最初の一手目はどこに打っても同じなので、●F5に打った場合(図1) 二手目で○の打てる場所は並び取り（図2から図5）、縦取り（図6から図9B）、ナナメ取り（図10から図15）の3つです。
まず、「一手目でE5の○→●となった」ので「坂口理論では二手目はE5の石を返すF6」が良い手ですが、ここでは二手目の全選択肢を考えて見ましょう。

《オセロの序盤》
序盤の定石は完全に記憶しておく事にこだわり過ぎないで、知らない局面になる"揺れに耐えられる空きを持っていた方が変化に対応しやすくなる"。（終盤は、完全に数えて完全を目指すべきである）

(図2) ○はE4を返す○F4　(図3) ●はE4を返す●E3　(図4) ○はE4を返さず　(図5) サカパターン優先

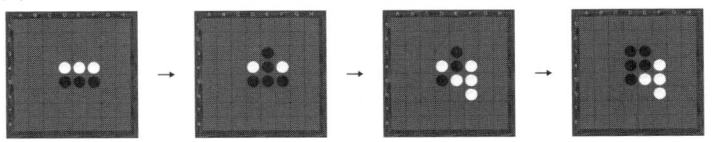

図2で●の打てるC3、D3、E3、F3、G3の5箇所で返した石を再度返されないのはE3のみ。図3の次の手で○はE4の石を返せない。図5で●E6が坂口理論ですがサカパターン優先（次の○がE6に打てない為）です。が最初は●E6を打てればOKです。

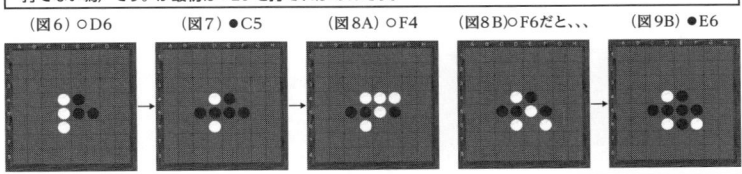

(図6) ○D6　(図7) ●C5　(図8A) ○F4　(図8B) ○F6だと、、、　(図9B) ●E6

図6で○はD5を返したので、次の●はD5を返す●C5に打つと図7。図7で○はD5を返せないので（打てる場所のB4、B6、F4、F6の中で）"返した場所を返されない唯一の○F4"に打つと図8A。もし、図7で○がF6に打つとE5の石を返して図8Bとなる、次の●に返したばかりのE5を返されると図9Bとなって●が優勢になるので「図7から○が打つ手はF4です、そうすれば○F4に打って○にしたE4、E5を次の●は"好手のように"打てないのである」

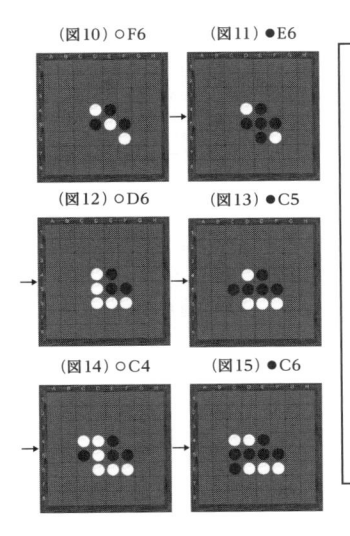

(図10) ○F6　(図11) ●E6

(図12) ○D6　(図13) ●C5

(図14) ○C4　(図15) ●C6

図13で坂口理論で○C4でD5の石を返すと図14になり、次の手で図15のように●に●F6と打たれてD5の石が返る時の"D5の周囲8石(C4,D4,E4,C5,E6,,C6,D6,E6)すべてに空きが無い"です（97号のオセロ入門で指南した好手を相手に打たれてしまう）。そのため図14では○C4は最善手にならないのですが"最初は"○C4を打てればOKです。

図12の局面で●がF7に打った場合など、次の○は返された場所を返す一手が最善手でないですが、「そこそこ良い手」という事で定石を知らないうちは打っていけば良いと思います。序盤でそれなりに良い手が打てるのですが、本当の最善手では無い事を知りながら「序盤のコツを掴むまで頭に入れておくと有効な坂口理論」です。
　（それなりとは、大悪手を打たないで序盤のコツをつかみやすい打ち方です）

※
2009年11月14日渋谷東急BEでのオセロ講座では上の坂口理論の詳細と指南した事から少し下記に示します。
オセロを序盤、中盤、終盤の3つに分けてみる（実際にはオセロは一つである）。それは、人生を子供時代、大人、晩年時代に分けるのに似ている。
子供時代にすることは勉強やお金を得るための資格取得など、大人になったら結婚や出産育児など、晩年時代はお金や名誉は優先が低く、孫や周囲環境の幸せが最優先になっていく（8歳の子供に「70年後の自分の孫や周囲環境の幸せといってもイメージ弱い」ので「子供時代にすべき事」を指南する）。
オセロの序盤ですべき4つは、①角をねらう②中抜き③石にくっつけて打つ④坂口理論。他、オセロの中盤は、お互い共に打てる場所に先に打て。
・・・もし、100％納得できないならば自分の思うとおり進んで負け・失敗し続けて素直になれてからである、そうでないと吸収が悪くなる。

《オセロの序盤》
"掛け算の九九"と同じ。
小学校で習った"掛け算の九九"を使い 39 × 298 は頭の中で計算していく。

オセロも同じで"掛け算の九九"部分の"定石"を覚えておく必要はある。
そして、何度も試合で使い「慣れていく必要がある」。

最初の段階では定石は少しでよいので「使い慣れていく」事が大事である。

終盤は最善手という"答えが在る"（終局までの正解手順が試合後に解る）
正解手順以外で勝てるとしても「将来に向けて"理解する事"が大切である」
正解手順を理解をしないで「その場の勝ち」に満足していると、
将来、同じパターンの終盤で 33-31 と 29-35 の差になって"勝ち"と"負け"という差になる日が起こる。その起点となってしまう。
長期間で考えれば終盤は、常に"答えを理解していく事で実力にしていく"事が現実の結果になっていく。

序盤は、分岐局面で思考していけば「終局までの正解手順」がない。
オセロも同じで"掛け算の九九"部分の"定石"を覚えておく事は必要である。
そして、掛け算の九九以降（オセロの定石以降）は「構想力が重要」になっていく。

24時間×365日×80年
人生はオセロ。最終手を打った時に見える景色は…

2010年6月1日 初版発行

著 者	坂口 和大
発行人	高石 左京
発行元	JPS出版局
	神奈川県秦野市下大槻 410-1-20-301
	e-mail: jps@aqua.ocn.ne.jp　FAX: 0463-76-7195
装 丁	勝谷 高子（ウインバレー）
DTP	小島 展明
印刷・製本	シナノ
発売元	太陽出版
	東京都文京区本郷 4-1-14　〒113-0033
	TEL: 03-3814-0471　FAX: 03-3814-2366

© Sakaguchi Kazuhiro, 2010 Printed in Japan. ISBN978-4-88469-664-1